腐女子で引きこもりの姉は隠居したいが、
義弟がそれを許してくれない

登場人物紹介
ラウレンティウス
ユイリーの義理の弟。通称ラース。
祖国で起こった反乱から逃れ、
伯爵家の養子になった。
冷静沈着で天才肌。
ユイリー
腐女子で引きこもりの伯爵令嬢。
義弟ラースの成人を機に、彼に家督を譲り
隠居生活をしようと算段中。
幼い頃、ラースに一目ぼれをする。

アルフレッド
伯爵家の執事長。寡黙で堅物。
齢60歳とは思えない
筋骨隆々とした肉体の持ち主。
ジェーン
伯爵家のメイド長。
超ド級の生真面目。
仕事は完璧にこなす。
ラースと同じ国の出身。
イヴリン
ラースに想いを寄せる令嬢。
見栄っ張りの負けず嫌い。
その出自にはなにやら
秘密があるようで――？
フォンベッシュバルト
公爵家当主。
儚げで、物腰柔らかな美青年。
普段は温厚だが、怒るととてつもなく怖い。

第一章　出来のいい義弟と悪い姉

生まれてすぐに母を亡くし、それを不憫(ふびん)に思った父に甘やかされて育ったわたし、ユイリー・ケープハルトの幼少期は、それはそれはもう目も当てられないほどの我が儘小娘——というかクソガキだった。

入ったばかりの使用人が皿を割ったときだって……

「さっそく粗相するなんて、子犬よりもしつけがなってないじゃないの。あなた、人以下ね」

などと、宣(のたま)うクソガキである。

雇われの身でなに最速でやらかしちゃってるわけ？　サイテーなんですけどぉー。

どんくさいったらありゃしないわ。見ているだけでイライラしてくる。クビよクビっ！

などと、本気で思っていたクソガキである。

「使えない人間など我が家には必要ありませんわ。ふふっ。だって、お父様が雇っているのに、なにを遠慮する必要があるのかしら？　使用人に気遣いなんて無用の長物(ちょうぶつ)……ですわよね？」

令嬢よろしく「ホホホホ」と笑って、意地悪く扇を片手でパタパタさせながら、悪口陰口ばかりに舌がよく回る。人を貶(おとし)めることに余念のないこの生き物をなんと呼ぼう。

――そう、正しくクソガキで（以下同文）。

性根が腐ったまま生きてきたお陰で、わたしには一人もお友達と呼べる相手がいなかった。

「ふんっ、別にいいのよ。わたし伯爵令嬢だし、お金もあるし、一人でも生きていけるもの……」

不安になると決まってわたしはこう言って自分を慰めた。

今となっては過去の自分を恥としか思っていないが、当時のわたしは陰で皆からとんでもないクソガキ認定をされていることに心底憤っていた。

使用人達からはもちろんのこと、お父様以外の近しい人達からも敬遠されている。

そんな状況を理不尽に感じ、自分を持ち上げない奴らをタコのように茹で上げたい、と調理場に行って大釜で湯を沸かすくらい荒（すさ）んでいたわけだ。

もちろん、泡を食ったお父様に止められたけど。

わたしの住むシンフォルースは、海岸に面した資源豊かな大国でタコが沢山獲れる。

人を茹でるのを止められたわたしは、その鬱憤（うっぷん）を晴らすため、料理長に大釜でタコを大量に茹でさせた。それを一人もっきゅもっきゅと頬張（ほおば）っていても、お父様は「我が娘は（頬袋（ほおぶくろ）に食べ物を詰め込んだ）子リスのような愛らしさだね」とべた褒めの激甘。

後に「タコ茹で事件」と言われるようになるこのときも、やっぱりお父様はわたしをお叱りにはならなかった。そう、正しくクソガキが誕生したルーツはここにある。

伯爵家の当主であるお父様に頼めば欲しいものはなんでも手に入ると豪語し、使用人や従者を使い捨ての消耗品のように扱い、我が儘が服を着て歩いているようなわたしを許してしまう……。お父様は超親馬鹿だった。

国王の右腕とも称されるお父様も人の子である。多少は大目に見てやってほしい。が、一つだけ、どうしても当時のわたしを止めてほしかったことがある。それは——

ラウレンティウス・スピアリング。

お父様以外で唯一、わたしに安らぎをもたらしてくれる人物だ。

後に、とんでもないクソガキだったわたしが彼に犯した数々の愚行を死ぬほど後悔することになるのだが、それはひとまず置いといて……

彼と初めて顔を合わせたのは、わたしが十歳で彼が六歳の頃。普段わたしには甘い顔しかなさらないお父様が、いつになく改まった様子でいらしたから、その日のことはよく覚えている。

＊

春の木漏れ日が優しく溢れる、ある日の昼下がり。お父様に部屋まで呼ばれたわたしは、そこにいた人物に目を奪われた。

黄金色の髪と瞳、褐色の浅黒い肌を持つ異国の美しい少年。ここまで綺麗な人間を見たことがない。

口をポカンと開いて驚くわたしに、お父様は言った。

「今日からこの子はユイリーの弟になるんだよ」

いきなり義弟ができた事実よりも、この綺麗な少年と知り合えたことが、ただただ嬉しかった。

頬(ほお)が勢いよく紅潮していくのを感じる。

「弟……？　お父様、この子はなんという名前ですか？」

無遠慮にも上から下まで舐めるように眺めるわたしの問いに答えたのは、綺麗な少年だった。

「……ラウレンティウス」

「ら、らうれ……」

あまりに長い名前に、舌がもつれる。このままでは呼ぶたびに噛みそうだと思ったわたしは、彼の呼び方を勝手に決めた。

「じゃあ、あなたは今日からラースね！　わたしはユイリー。今日からラースのお姉さんになるの。よろしくね」

「ユイリー？　ラース……？」

「そうよ。短いから言いやすいでしょ？」

「……うん」

ラースの故国、ローツェルルツが奴隷の反乱で崩壊したのはつい先日のこと。王子だった彼は処刑から逃れて、複数の家臣に守られながらうちに辿り着いた。

なんでもラースは遠い昔、もう何世代も前にうちから嫁(とつ)いでいった血筋の、その子孫の末裔(まつえい)だとかで、つまり遠縁に当たるそうだ。

その微かな希望を頼りに訪れたラース達を、お父様は受け入れたのだという。王の有力な補佐官であったお父様は、早急に王との謁見(えっけん)を申し出、名目上は亡命としながらもラースを養子に迎え入れることを承諾させた。さらには、ラースと共に亡命してきた家臣達も引き取ったのだ。なんという懐の深さ。

しかし、そう説明を受けている間もわたしは目の前の美少年に釘付けで、お父様の話をほとんど聞いていなかった。

初めて会ったときラースはとても大人しくて、周囲の人間を極度に恐れていた。反乱によって国を追われ、家族を亡くし、全てを失った幼い王子は深く傷つき弱っていた。

塞ぎ込みがちなラースに、お父様はとても優しく接し、家族として受け入れるのに少しの躊躇(ためら)いも見せなかった。

そんなお父様の姿に、当時、政治に全く興味の欠片(かけら)もなかったわたしも感銘を受け――この新しくできた義弟を守らなければならない、そう思った矢先……

「うちにはユイリーしかいない。だから君が成人したとき娘を娶(めと)って家督を継いでくれないか？」

「お、お父様っ⁉」

お父様がとんでもない爆弾を落とした。

最初はなにかの冗談かと思っていたのだが、それからというもの、お父様が同じ話をラースにしているのを、ことあるごとに聞かされ続けることになる。

そうして体にビリビリと電流が走るような、運命と勘違いするくらい衝撃的だったラースとの出会いから一年ほどが経過した。

この頃にはラースはすっかり我が家に馴染み、明るさを取り戻していた。彼からはいつもお日様の匂いがした。

というのも自ら申し出て、乗馬や剣技などの訓練を受け、日差しを浴びることが多かったからだ。体を動かすのが好きなラースは常日頃から稽古に励み、けして鍛練を怠らない。

聞くところによると座学のほうも優秀らしく、ラースは多分、相当に頭がいいはずなのだ。なのに、我が儘なわたしの言うことを素直に聞いて、ニコニコと天使のような笑みを見せる。

社交性にも優れる完璧を絵に描いたような義弟。

もはや愛される要素しかない四つ年下の義弟を、周りは放っておかなかったし、一番身近にいるわたしがラースに惹かれないわけがなかった。

むしろ、わたしは彼があまりに周囲に愛されすぎて焦っていた。

このままでは伯爵令嬢という立場以外なんの利点もない平凡で冴えないわたしなど、すぐにでも視界の隅の隅に追いやられる。

いずれ爪の先ほども、いや、ちんまいミジンコほども気にされなくなるハウスダストなゴミカス未来へGO！

――を想像し、焦ったわたしがなにをやったかというと……ラースを己の装飾品のごとく扱い、所有権は自分にあるかのように振る舞った、のである。

当時行方不明だった自制心を、今からでもとっとこ探しに行きたくなるくらい最悪な行動のツケは、もちろんすぐに回ってきた。

あんなに懐いてきて可愛かったラースが、徐々にわたしを避け始めたのだ。

しかし、ラースに夢中になっていた当時のわたしは、「わたしにしては珍しく嫌がらせもしないで可愛がっていたというのに、なんで？」と厚かましくもショックを受け、原因が分からず悩んでいた。

どうにかして離れていくラースを引き留めたくて、とにかく必死だった。

矜持（きょうじ）も体面も、なにもかもをかなぐり捨てて一心不乱に謝罪した。

ストーカーのように毎日つきまとい、先回りして中庭の垣根からひょっこり顔を出すくらいには、色々とやってのけたものだが、結局どんな言葉も受け入れてはもらえず肩を落とす。

さらには周りからどんな噂を耳にしたのか、時が経つにつれて、ラースは一緒の空間にいることすらそうそう許してはくれなくなった。

まあ今となっては言われなくても分かる。

所有物扱いされたら誰でも嫌になるし、あとはきっと、ラースになにかとんでもないことをしてしまったに決まっている。

でもあの頃のわたしはそれすら理解できず、「わたしはラースに爪の先どころか、ちっちゃなミジンコほども気にされていないんだ」と見捨てられた子犬のような心境で、こっそりラースを眺める時間だけが増えていった。

許してもらいたくても許してもらえないこともあるのだと、唯一無二の癒しを失って。

そうして少しは学んだかと思いきや、諦めたわたしがまずしたことはラースをいじめることだった……

愛情と増悪は紙一重とは言うけれど。ええ、分かっているわよ。自分でもサイッテーな救いようのない人間だったってことは。

自分のことを振り返りもしない。裏切られたと思い込み、とにかく荒れていたあの頃。ラースの持ち物を取り上げ、お気に入りの玩具を隠し、ドアを開けると部屋中カエルだらけなんてこともしてやった。中庭を散策しているラースめがけて、バルコニーからカエルを沢山降らせたこともある。ラースやその隣を歩く友人に投げつけもした。

お陰で「カエル姫」なんて不名誉なあだ名が使用人達の間でつけられるくらい。

なぜそうまでしてカエルに固執したかというと、珍しモノ好きのお父様が取り寄せた特大サイズの食用ガエルが調理場にたまたま大量に仕入れてあったからだ。他意はない。

使えるものはとことん使う。わたしは素直なお子様だった。

ぬちょっとしていて気持ち悪いし見た目はアレだが、嫌悪感よりもわたしの中にドロドロと渦巻く薄汚い復讐心の方が勝っていた。

お陰で義弟はとてつもないカエル嫌いに育った。

ちなみに嫌がらせで使ったカエルは、全部綺麗に回収されてお父様の胃袋に収まっている。そしてもちろん、このときもお父様はわたしをお叱りにはならなかった。

ちょっと困った顔はしていたけど、カエルに怯えて泣いているラースの頭を、お父様はポンポン叩いて慰めていたっけ。

そうしてわたしはラースに相手にされない鬱憤を、カエルを使った復讐で晴らしていたわけだ。

しかし、一方的に当たり散らしておきながら、心はいつもズキンと痛んで寂しくなった。

……もちろんわたしはすっかりラースに嫌われてしまった。

カエル同様、ラースの大嫌いな存在へと、出会って一年ちょっとという短い期間で転身し、落ちるところまで落ちた。ラースにとって「カエル、イコール、わたし」として立派に認識されたのである。ワー、パチパチ……嬉しくない。

年齢を重ねるにつれ、わたしは縋りつきたくなるくらい、酷い後悔の念に苛まれるようになっていった。

結局どうにもこうにもいかなくなったわたしが取った手段は、妄想の世界に逃げること。

冴えない現実から目を背け、屋敷の書斎に入り浸り、本に没頭する。

そうして現実を忘れようとしていたというのに、わたしはあろうことか、本の中でもラースによく似た登場人物に惹かれてしまったのだ。

それもBL本！　腐女子爆誕!!

いやいやいや爆誕じゃないわよ。じょーだんじゃない。

どこまで絶望の淵を突っ走れば気がすむのだと突っ込みを入れながら、最初はお馬鹿な自分を否定した。けれど「頭の中でならどう妄想しようと勝手よね？」と結局自分を甘やかし、ずるずるとフリーダムな妄想の世界に引きずり込まれていったのだった。

すっかり引きこもりになり、現実から逃げ続けて早、六年。

十七歳になったわたしがある最悪なことに気付いたのは、伯爵令嬢として華々しく社交界デビューを飾ったときだった。

パーティーで次々とダンスを申し込まれ、相手の男性と触れ合うたびに、体が拒否反応を示すようになったのだ。最初は軽い違和感程度だったそれは、最終的には、手を繋ぐだけでゾッと全身に鳥肌が立つまでになった。

それでも、慣れないお酒でなんとか気を紛らわせながら頑張っていたのだが……

わたしはせっかくの社交界デビューを這う這うの体で逃げ出した。真っ青な顔をして帰り、お父様の不在の代わりに家にいたラースに、何事かと駆けつけられてしまう始末だ。

「いったいどうしたんだ？　なにか……嫌なことでもされたのか？」

「なんでもないのよぉー、ちょっと気分が悪いだけ！　だから、わたしのことはほっといてちょーだいっ！」

「……酒臭い。酔っぱらってるのか」

「ぜぇったい、触らないでよぉ？　自分の部屋くらい自分で歩いていけるんらからぁ」

明らかに舌が回っていない。

酒が入り、疲弊した体で暫く玄関先をふらふらと漂っていたら、見かねたラースに舌打ちされて軽く抱き上げられてしまった。ふわりと彼の香りが広がり、心臓が早鐘を打つ。

そんな自分を悟られないよう嫌々と暴れてもまるで歯が立たず、そのまま自室へ運ばれてしまう。

「姉さん、なにやってるんだよ……」

「触るなぁー、バカァー」

厳しい顔でこちらを見下ろすラースから逃れたくて、ぐいっと彼の広い胸を押した。

「っ、たくしょうがない人だな」

「一人で歩ける！　下ろして！」

「無理だから——って、髪を引っ張るな！　ああ、くそっ。なんだってこんな面倒なんだよ、あんたは！」

「ら、ラースが怒ったぁ」

「怒ってない！　怒ってないから泣くな！」

「嘘らぁ～」

完璧なる絡み酒だ。

小さな子供のように唇を噛んで、メソメソと腕の中で泣き始めた姉を抱えるラースは、さぞ困ったことだろう。

わたしに呆れたラースの声だけが耳に残っている。

ちょっとだけ心配しているような顔を見せた気がしたんだけど、使用人が持ってきたボウルに吐いて寝ちゃったから、部屋に着いてからのことは正直あまり覚えていないのよね。残念ながら。

それから朝起きて正気に戻ると、ラースからこっぴどく怒られた。暫くの間、お酒を禁止されたのは仕方ないことだ。

普段から体を鍛えているラースは力が強い。だから無様にも酔い潰れそうになっている姉を、かなり小柄な方とはいえ軽々持ち上げられたわけなんだけど。

当時、ラースは弱冠十三歳だったが、既に並みの大人に負けないくらいの腕力と肉体を手に入れていたし、お父様の代理を安心して任せられるくらい頭も良く弁も立つ。

この頃にはもう、将来有望な美しい義弟に対する女性からの熱い視線が半端ないことになっていた。

ラース以外の男性などあり得ない、などという熱狂的な女性までいて、「これは成人したら大変なことになってそうだわー」と他人事のように思っていたのだが、それが今回のパーティーで一変した。

最悪なことに、わたしも義弟を取り巻く女性達の中の例外ではなかったようなのだ。

わたしは最初、この鳥肌現象は引きこもり生活が長かったせいで、男嫌いになってしまったのだと思っていた。

しかし、ラースに触れられてもちっとも鳥肌は立たなかったし、何年ぶりかで傍にいられることが、ちゃんと口を利(き)いてくれることが、嬉しいとさえ感じていた。

——義弟(ラース)以外の男の人には触られたくない。

そう思っている自分に気付いて、愕然とした。

それまでわたしはラースのことを弟として愛しているし、この執着じみた想いは、所有物がなくなったことへの不満がまだ心のどこかに残っているのだろうと思っていた。

ラースに似た登場人物が出てくるBL本を読むのは、相手にされない寂しさを紛らわすため。そう解釈していたのに、まさか恋愛対象としてラースを見ていただなんて。

よりにもよって社交界デビューの年に、ラースに固執しまくるこの感情の正体に気付くとは。

困ったことに、どうやらわたしは相当にラースを愛しているようだ。おそらく初めて出会ったときから。

お陰で社交界に行ったのは一度きり。あーあ、これでわたしは一生独り身確定かぁ。

いったいこれはどんな罰なんだろう。あれほどいじめ抜いた相手を好きになるとかあり得ない。

なにより自分の気持ちを知った途端に失恋とか最っ高に惨めだわ。

だけどまあ、今までラースにしでかしたことを思えば、当たり前の結果だ。

わたしだって幸せな結婚とか恋人とか、普通の女の子が夢見るようなことに憧れぐらいある。

今回それが叶わないと分かったことは確かにショックだったけど、わたしには本がある。だから全部が全部ダメになったわけじゃない。好きなものがあるだけ、まだましなんだ。

全てを諦めて――しかし、それからすぐだ。

なにもかも望まぬ方向に変わってしまったのは。

わたしの十八の誕生日。シンフォルースでは成人となるその年に突然訪れたお父様の死。

お母様はわたしを出産したときに既に亡くなっている。

一人娘だったわたしは伯爵家の家督を女の身でありながら引き継いだのだが、本来、女が当主になるなどあり得ないことなのだ。

しかし特例として王命が下された。

このような措置が取られたのは、お父様が優秀な王の補佐官であり、王の友人だったからに他ならない。

お父様は最期まで、こんな不出来なわたしを愛してくれた。

けれど、そのお父様が残された最期の言葉が問題だったのだ。

『うちにはユイリーしかいない。だから君が成人したとき娘を娶って家督を継いでくれないか？』

どうやらお父様は本気でわたしをラースの妻にしたかったらしい。

今までも、ことあるごとに繰り返されてきたフレーズ。きっかけは慣れない遠い異国の地で苦労するラースが、少しでも早く我が家に馴染むようにと、気を遣われただけだったのかもしれない。

ラースがうちに来たばかりの頃は、それを聞くたびどう反応したものか困って、わたしはオロオロと顔を真っ赤にさせていたものだ。しかし、ラースに避けられるようになってから、わたしはそれを全力で拒絶するようになっていった。

お父様がラースにその話をするたび、「ご存じでしょう？　冷えきったわたし達の関係を。ですからもう少し配慮していただけないものでしょうか……」と、気まずい思いで一杯になった。

一生独り身確定だと思っていたし、ほとんど冗談としか受け取らなくなっていたというのに。

最期のとき、お父様の言葉を真摯に受け止めていたラースの顔が忘れられない。でもってわたしは、「わたしのこと心底嫌いなくせにラースは本当にそれでいいのかしら？」なんて他人事のように思っていたのだ。

こうしてわたしは、お父様を亡くした十八の誕生日に女でありながら伯爵家の家督を継いだ。

けれど、将来有望株の義弟と違って政治的な才覚などまるでないわたしは、当主として正式な場に出るのが心底苦手だった。

小さい頃はあんなに平然と人をあしらっていたのに、引きこもり生活が長かったせいか会話すら億劫（おっくう）で、人前に出るのは好きじゃなくなっていた。

だから、どうしようもなく嫌なときは体調不良を理由に逃げた。

ううっ、またやっちゃったわ。本当にダメダメな当主……と己を責めながら、仮病がバレバレでも構わず布団の中に潜って丸くなる。

そうして嫌なことが過ぎ去るのを待っていると――不思議なことに決まってラースが助けてくれるのだ。

わたしの代行として当主の仕事を処理してくれたことを、後になって人伝（ひとづて）に聞かされる。

思わぬ助けにホッとして、けれどそのたび自分を情けなくも感じていた。

そんな折、それまで飴に集（たか）る蟻のように寄ってきていた取り巻き達は、手のひらを返して次々とわたしの周りから消えていった。

傷付いてる場合じゃないわよ、わたし！　しっかりしろ！　大人のわたしがラースを守らないといけないんだから！

とまあ初めは布団に潜り込みながらも、なんとか必死に自分へエールを送って、一応姉らしく頑張ろうとしていたのだ。しかしそれも、お父様が亡くなった途端、消えていった彼らがどこへ行ったのか、知ったときのショックで一気に萎えた。

取り巻き達が次に集った先はラースの元だったからだ。

あの、幼き頃の「タコ茹で事件」以来、わたしにはムカつくたびにタコを茹で上げる習慣ができていた。

だからこのときも、タコを茹で、一匹だけじゃ腹の虫が治まらないわ！　と、タコを一匹、二匹、三匹、四匹……と丸飲みする勢いでどか食いした。そうして腹痛で医者にかかるくらい愚かなわたしについてくる人間なんて、ただの一人もいなかった。

正直、涙も出たし、悔しかった。なにより出来損ないの自分が一番嫌いになった。

一人で生きていくしかないんだなぁ、とボンヤリ思って、人間って所詮こんなものなのね、とつくづく実感した。

でもあと四年、ラースが成人するまでの四年間だけ我慢すればいい。そう思ってなんとかやりくりしていたら、

『――姉さんは当主に相応しくない』

グサリと刺さる止めの一発を吐かれた。

わたしの心はラースにバッサリ切り捨てられた。

これってあれね。傷口に塩ってやつ。要は自分が成人したらサッサと家督を譲れってことね。嫌いなわたしを嫁にするという罰ゲーム付きでも、お父様の遺言だから致し方ないと……

でも、自分が不出来なのはちゃんと分かっていたから特に反論はしなかった。

とはいえ、あの台詞を思い出すだけで傷口をえぐられるように胸がズキンと痛くなる。

まだ当時十四歳だったラースに浴びせられた冷たい言葉。励ましでもなく、感謝でもなく、貶めるためだけのそれにわたしは深く傷付いて、誰もいない場所で静かに泣いた。

心に深い爪痕を残したその言葉は、同時にわたしへの最終勧告となり、しおらしく受け入れるのかと思いきや……

「ふんっ。わたしはあなたのお嫁さんになんてならないわよーだっ」

しおらしかったのはほんの数分間だけだった。

結構こたえたけど、泣くだけ泣いてすっきり再起を果たしたわたしは完全にやさぐれていた。

なにも言わずに姉の代役を淡々と続けるラースは、養子に迎え入れてくれたお父様に強い恩義を感じている。だから彼が密かにわたしを助けるのは、偏に伯爵家の威信を守るためなのだろう。

伯爵家を大切に思っているラースに家督を譲ることに、わたしはなんの異論もない。しかし、プライドをここまでズタボロにされた上、便宜的に娶られるなんてサイテーだ。

それにわたしはラースのことを愛しているけれど、ラースは違う。

どんなに体裁を取り繕っても、本心ではきっと、嫌いな相手との結婚なんて望んでいないはず。

だからお父様の遺言に逆らうことになっても、それだけはどうしても避けたかった。

やっぱり大切な弟には幸せになってもらいたいものね。

と、いうことで。お姉さんは隠居生活の準備をします！　お父様、ごめんなさいっ！

こうしてわたしはラースが成人するそのときに、家督を譲って家を出る――隠居することを決めたのだった。

四年間当主として居続け、ラースが成人したら家督を譲って家を出る。

そうして全てが終わったら田舎(いなか)でのんびり隠居生活をしよう。

大好きな本だって沢山読めるように手配すればいいんだし、誰の目を気にすることもなく暮らしていけるなんて、腐女子で引きこもりのわたしには天国じゃない？

そう自分に何度も言い聞かせながら、どうにも全てが空回りするばかりだった当時のわたしは、密かに隠居生活の準備を進めることにしたのだった。

＊

さらに月日が経ち、あれから四年が経過した現在。

二十二歳となる今でも叶わない想いを引きずるわたしは、結婚を諦めて、未だ恋人の一人も作れずにいる。

ラースがわたしの代わりに仕事をこなして帰ってくるのを、毎日のようにエントランスの階段の隅でこっそり眺めながら、「やっぱり今日もカッコいいわ」と呟(つぶや)く。

そうして一人だけ時が止まったかのように動けず、落ちぶれた自分とは正反対の華やかな義弟が、明日十八歳の成人を迎える。

ラースが家督を継げるようになるその日はつまり、わたしの存在が不要になる日でもある。

そして相変わらず、独りぼっちの寂しさを募らせながらラースに拒絶され続けるこの家に、わたしの居場所はない（キッパリ）。

この四年間、わたしが毛布に包まって嘆いてる間も、淡々と伯爵家のために尽くす義弟はもはや神々しい生き物だった。

昔も今も、それはもう後光が差すくらい素敵で……

ラースに言われた通り、わたしはまず見た目からしてこの家の当主には相応しくないのよね。

生前はシンフォルース随一の美女と謳われたお母様に似ず、地味で目立たない平均的な顔立ち。腰まで真っすぐ伸びた黒髪と黒い瞳は我ながら陰気臭い。その上、長年引きこもりで日光を浴びていないから色白で血色も悪い。

身長も低く小柄で、胸があるのがせめてもの救いだと自分でも思うくらい、見た目も中身も凡庸で冴えない伯爵令嬢だもの。これじゃあとても当主だなんて言えない。

うん、やっぱりわたしじゃあてんでダメだわ。

最近では、着替えが面倒だからと寝間着で屋敷をうろつく始末。

もちろんそんな格好でいるのは屋敷の中だけに限られるけど、それを目にしたラースは毎回顔を顰める。徹底的に知らんぷりで通していたらとうとう先日、不精にもほどがある、と苦虫を噛み潰したような顔で注意された。

それでもめげずに寝間着でうろついていたら、昨日はものすごい目で凄まれた。

仮にも伯爵家の当主として誉められた姿ではない。

そう訴えるラースの非難の視線が、彼の前を通り過ぎるたびに背中に刺さるのを感じながら、無言の圧力に屈せず今のところどうにか耐えている。まあほとんど風前の灯火だが。

とりあえずわたしから言えることは…………ラースが、ラースがっ！　ここのところめちゃくちゃ機嫌悪くて怖いーっ！　半泣き。ということだった。

以前はわたしがいても空気みたいに素通りしてたくせに！

なぜだか最近、ラースはことあるごとにわたしに突っかかってくる。

今ではすっかりわたしにお小言を言うのが趣味というか、習慣？　になってしまっているようで、実に板に付いた小姑っぷりだ。

ちゃんと迷惑かけないように布団の中か書斎で大人しくしてるのにー！　いったいなにが気に入らないっていうのよぉーっ。

ハッ、もしかして……！　いよいよ家督を継ぐから、ラース、緊張してお腹でも壊しているんだろーか。

……うーむ、それは不味いぞ。ここは念のため、腹痛の薬でも調合するよう医師に申し伝えることにしよう。

それにしても、ラースってば、昔はあんなに可愛くて天使だったのに、今ではいつも周りに女性を侍らせる天性のタラシに成長しちゃって。

わたしには口も愛想も悪いのに、世渡り上手で外面も良い。世の中って不平等。落ちこぼれの自分とは雲泥の差だ。

ラースには異国の血が混じっているせいか、筋肉質だがスラリとした肢体はエキゾチックで妙に色っぽい。その褐色の肌と黄金色の髪と瞳は人を惹きつけてやまない。

ラースは正真正銘の美青年だ。

文字通り美少年から美青年へ、立派に成長したラースを見るたび思う。わたしなどいなくても彼は十分豊かな人生を送ってゆける。むしろわたしが足を引っ張っているのだから、隠居宣言してもきっとサラッと許してくれるはず！

明日、ラースは成人する。四年前に決めた通り、ラースを自分というしがらみから解放してあげよう。

どうにかこうにか思考がまとまり、わたしは伯爵家を出ることを義弟に伝えるべく、布団から抜け出した。そして、寝間着姿で決意を新たに、足取り軽くラースの部屋へ向かうのだった。

第二章　隠居宣言

少し想像してほしい。

好きな人の体に厭らしく手を回す女達という凄惨たる光景など、誰が望んで見たいものだろうか？

もちろんわたしは見たくない。見たくない。見たくない。……だ、か、ら、見たくないってのにっ！

眼前のカウチソファーに女達と寝そべっているラースに、わたしの目は釘付けだ。

さっきまで、ルンルンでラースの部屋に隠居宣言しに来たわけよ。それが、なんで、ラースの情事を目撃しなきゃならないわけ？

時刻はもう昼の十二時を回ったというのに、部屋の中はカーテンが閉ざされたままで薄暗い。化粧と香水と他に、お香だかなんだかのよく分からない官能的な臭いが充満していた。

そして、なにより酷かったのが。

き、キスしてる……

ラースと隣に寝そべる女の一人が濃厚な口づけをしている。

わたしは部屋の扉の前で呆然と立ちながら、込み上げる吐き気にグッと口元を手の甲で押さえた。

普段から女を連れ込んでいるラースが、部屋の中でなにを行っているのかなんて知らなかった。

幼い頃に拒絶されて以来、それ以上嫌われるのが怖くて彼の部屋に近づくこともできなかったのだから。

でもまさか……体を動かすのが好きなのは知っていたけど、運動は運動でもまさかそっちの方にいくとは思ってもいなかった。ショックで頭の中が真っ白だ。

はぁ……それにしても、なんなのこの不快な臭い。でもってものすごくクラクラする。

全身から血の気が引き、ガクンと膝から崩れそうになるのを必死に我慢した。——これ以上、ここにいたくない。ぐらつく頭で部屋を出ていこうとした、そのとき。

「姉さん？」

ようやくわたしの存在に気付いたラースが、目を丸くしてこちらを見つめている。

気付くの遅い。キスし過ぎなのよっ！　馬鹿ラース！

チラッと視線をやると黄金色（おうごんしょく）の瞳と目が合う。

「また日を改めます……」と言おうとして気が付いた。

明日はラースの誕生日。家督を譲る前に、隠居のことを伝えるタイミングは今日しかない。

し、仕方ない。逃げるのだけはどうにか堪えよう、とぐっと足に力を込める。そのとき、耳障りな甲高い声が室内に響いた。

「いやだ！　あれがラースのお姉様？　てっきり使用人だと思ったわ！」

「でもあの格好！　寝間着でうろつくなんてはしたない。使用人の方がまだわきまえているのではなくて？」

「ふふふっ。これまた随分と子供じみたご当主様ですこと」

こ、子供――ッ⁉

さっきから随分好き勝手言ってくれるじゃない！

小馬鹿にしたような女達の笑い声に、できることならこのまま回れ右して、自室か書斎に引きこもりたかった。とりあえず、四散しかけた理性と知性を総動員して、どうにか体裁を守ろうと努める。

落ち着けわたし。わたしは大人、わたしは大人、わたしは大……

「お母様はシンフォルース随一の美女でしたのに……残念ですわね。ああ、でもお飾りの当主としては上出来よ？　一目で似非者だって分かりますもの」

——今、なんと？

ラースとキスしていた女から発せられた言葉に、わたしはぷちっとキレた。

ソファーに寝そべりながら、女達の中心にいる義弟——ラースに冷たい視線を送る。そして、汚らわしいものでも見るような、恨み辛みのこもった蔑みの目で女達を睨みつける。

「おだまりなさいッ！」

怒りに燃えたわたしの激しすぎる感情に当てられて、女達がビクリとひるんだ。

よくもわたしのコンプレックスど真ん中を刺激してくれたわね？　誰かタコっ！　タコ持ってきてっ！　と、猛烈にタコを所望するくらいに腹を立てていた。

「いやだわ、部屋の中に虫が」

わたしはそう呟くと、躊躇することなく、ポケットから取り出した物を女達に向かってぶん投げた。

売られた喧嘩だ、遠慮することはない。

「キャ——ッ！　やだっ、なによコレッ!?」

「冗談じゃないわよ！　ヴィンテージものの留め金が！」

「お父様からいただいた珍しい異国の毛織物がパアじゃないっ！」

気持ちいいくらい狙った通りの甲高い悲鳴が次々あがる。

先ほどわたしが投げつけたのは、ハーブ入り害虫防止スプレーだ。正規の使用方法を丸っと無視して蓋を取り、中身の原液が飛び散るようにして投げたのだ。

綺麗な弧を描いて飛んだそれは狙い通り女達に降りかかり、部屋の壁にパリンッと当たって壊れた。容器の素材はガラスだから極力女達に当たらないよう注意はしたが、彼女達にはそんなことは関係ない。カンカンにお冠である。

今にも掴み掛かってきそうな女達を前に、一呼吸してから腹にグッと力を入れると、わたしは人差し指を立てて口の前に当てた。

「皆様、お静かに」

さっきまで言われっぱなしのサンドバッグだったのに、害虫防止スプレーをぶん投げるという所業。さらにはシーッと子供にするみたいに注意されて、状況を掴めない女達はポカーンとしている。

「それ以上当家で騒がれるのは少々、いえ、ものすごーく迷惑ですわ。お帰りくださいな」

してやったりと笑うわたしを見て、我に返った皆様は、一律「はぁ？」と額に青筋立てて怒り心頭だ。そこでようやく義弟再登場。もちろんこっちも怒ってた、相当に。

「姉さんっ⁉　なにやってるんだよ！」

ラースが出てくるまで大分間があったな、と悠長なことを考えてる場合じゃないんだけど、ラースのこんなに怒った顔を見るのは久しぶりだ。

もちろん彼も頭から原液を被っている。扉の前にいるわたしの近くまで来たラースからは、ハーブの爽やかな匂いがした。

「わたしが当主を務めるこの屋敷に無断で入り込み、淫行にふけるなんて許せません。それに、大人しく帰るならそれを不問にすると言っているのです」

しらないっ。わたしはツンッとラースから顔を逸らした。

すると、彼は目を眇めて声を荒らげる。

「姉さん！」

はい、嘘です。調子に乗りました。無断でもなんでも、ラースの知り合いが屋敷を出入りするのにいちいちわたしの許可なんていりません。他になにも言えないから立場を乱用しました。でもちょっと格好つけたかったんです。

内心では平謝りだが、ここで素直に謝るわけにはいかない。頑として自分の方を向こうとしないわたしを、ラースは咎めるように見据える。

今更風紀を乱すなと言われても……ということなんだろうけど、でもここで、負けるわけにはいかないのよ！

そう思っていると、「お、お父様に言い付けてやるわ！」「似非者のくせして生意気よ！」「ラースに助けてもらわないとなにもできない木偶が偉そうに！」と罵詈雑言が女達から飛んできた。

ちっとも応えていない様子に逃げ出しそうになるが、ここが踏ん張りどころだ。

……仕方ない、こうなったら奥の手だわ。

「そうですか。では皆様が当家でどのような振る舞いをなさっているか、うちの執事からご両親に連絡させましょうか？　結婚前の純潔を尊重している貴族の方々なら、きっと大いに関心がおありだと思いますの」

数撃ちゃ当たると言うが、やっと一撃が効いたようだ。一斉にピシッと固まった女達を前に、わたしは「お帰りはあちら」とドアを指してにっこり笑った。

「どうぞ、お引き取りくださいませ」

あと少し。あともう少しで女達をラースの部屋から追い出せる！

しかし、ここで思わぬ邪魔が入った。

「――きゃっ！　ラース!?　それを返しなさい！　ラース！」

実はもう一つ予備のスプレーをポケットに忍ばせていたことがバレて、それをラースに取り上げられてしまったのだ。まだなにか言うようなら、隙を見てもう一度吹きかけてやろうかと思っていたのに……これでは台無しじゃないのっ！

取り返そうと必死に手を伸ばしたが、ラースに高く持ち上げられてしまって届かない。

それでも諦めきれなくて、わたしより一回り以上大きいラースの体によじ登ろうとしたら、今度こそキッパリ怒られてしまった。

「ユイリー、これ以上は駄目だ」

「……っ！」

「それと君達も引いてくれ」

ラースは冷たい表情で言うと、片手でわたしの体を難なく取り押さえた。ラースに名前で呼ばれるなんてことは滅多になくて、わたしは口を噤（つぐ）んだ。

しかし、ラースの様子に圧倒されたのは女達も同じだったようで、全員青い顔をして息を呑み、大人しく押し黙っている。

ちなみに取り押さえたといっても、ラースはわたしが一応当主であることを考えてか、手荒に扱ってはいない。傷付けないよう注意深く抱き上げられて、わたしは俯（うつむ）きがちに彼を一瞥（いちべつ）した。

これは……本気で怒ってる？　怒ってるよね？　怒ってるかぁ。

ラースはわたしがどんなに我が儘を言っても、ハチャメチャなことをしても、結局最後には許してくれる。わたしにはぶっきらぼうで口は悪いし、顔を合わせれば喧嘩ばかりだけれど、ラースが他人に好かれるのは理解できる。

ラースは見た目だけじゃない。どんな人も大切にする、優しくて良い子なのだ。

当主の仕事だってなにも言わずに助けてくれるし……ラースって世話焼きタイプ？　そういう性格なのかしら？

力のあるラースに抱えられると、互いの身長差があり過ぎてどうしても足元が浮いてしまう。宙に浮いた足をぷらぷらとさせていたら、なんだか酷い無力感に襲われた。

嫌いな姉にも優しくできるなんて、ラースは懐広いわよね。でもあの女にはキスで、わたしにはこれって…………扱いの差が酷い！

それがどうにも腹立たしくて、わたしはラースをキッと睨（にら）んだ。

「そんな顔しても無駄だよ」

いつもなら喧嘩したり、わたしが近づいたりするとすぐに距離を取るくせに！　なのに今日は抱き上げられたまんまだし……本当に最近どうしたの？

丁度、胸の下に回されたラースの腕に力が入って少し体に食い込んだ。硬く逞しい腕をまざまざと感じて自然と頬に熱が集まる。

こんな状況にもかかわらず、ラースに触れられるのがこんなにも嬉しいだなんて……サイテーだわ。わたしってこんなに気持ち悪い人間だったんだ……嫌な感情を知ってしまった。

「……お前達はもう帰りな」

不機嫌を隠そうともせず、ラースはため息混じりに女達に言った。

女達が帰ってようやくラースの腕から解放されたわたしは、静かになった部屋の窓をさっそく開けた。

一刻も早く換気がしたい。そうして一人せっせと空気を入れ換えている間も、姉弟喧嘩は続いていたりする。

「明日であなたは成人するというのに、女を侍らせているだなんて……今は亡きお父様とお母様に申し訳が立たないじゃないの！」

「それ、一日中引きこもって、寝間着でうろついてる姉さんには一番言われたくないんだけど」

「うっ」

ソファーに座り直したラースの呆れた声にギクリと肩が強張る。片手で髪を掻き上げながら、ラースは気だるげに続ける。その姿にも胸が高鳴ってしまうのだから、わたしは大概重症だ。

「ったく……女を全員怒らせて帰らせるなんて、子供じゃあるまいし」

疲れ切った様子のラースを前に、わたしはカーテンをぎゅっと握り締めた。

……確かに図星だけど。散々言われて腹が立ったんだもの。

「それと気軽に男の部屋に入ってくるなよな」

「一応ノックはしたわよ？　あなたがキスするのに夢中で気付かなかっただけでしょ？」

「俺が自分の部屋でなにしようと文句を言われる筋合いはないと思うけど？」

だからって！　と、喉から出かけた言葉をグッと呑み込む。

今夜、十二時きっかりにわたしはラースに家督を譲って家を出る、予定だからだ。でもってここから遠く離れた田舎に用意した別邸で、本に囲まれた隠居生活を送ることになる。そうなればもう二度と、こうして言葉を交わすこともない。姉弟ごっこは今日でおしまいだ。

こんな姉弟喧嘩もできなくなる。そう思うとなんだか切ない。

……困った。想像するだけで寂しさに胸が押しつぶされそう。

「つーかさ、こんなものいったいどこで手に入れたんだよ？」

まさかわたしが出ていくなどと微塵（みじん）も思っていないであろうラースが、先ほどわたしから取り上げた害虫防止スプレーを眼前で揺らす。

「それ？　中身は自分で調合したから普通では売ってないんじゃないかしら。あなた専用の虫除けに丁度いいんじゃないかと思って」

「姉さんってサイテーだな」

ラースはそう言って小さく息を吐いた。それを横目に見ながら、わたしは密かに自嘲する。

自分が最低な人間だなんて、これまでの言動にくわえて、さっきの女達との一件で嫌というほど思い知っている。

「冗談よ。あなたと話をした後で書斎に行くつもりだったの。書斎の空気を入れ換えるついでに使おうと思っていたのよ。本が虫食いだらけになったら嫌だから」

本当はそのために作った害虫防止スプレー。それがまさか義弟に集る虫に使うことになるとは、わたしだって思ってもみなかったわよ。と、やっぱり文句の一つも言ってやりたい。

「それよりも、最低なのはラースの方じゃないの！　毎日毎日、飽きもせず女を部屋に連れ込んで不潔だわ」

それに卑猥だわ。ムッと口を噤んで鼻白む。

感情的になりだしたわたしとの会話が面倒になってくると、ラースは大抵その場からいなくなる。そうやって逃げられ続けてきたから、今回も同じパターンかとわたしは構えていた。

「不潔って……ああ、そうか。姉さんって男っ気ないもんな。ああいうのは全部そう見えるのか」

あれっ？　なんで？　やっぱりラースがおかしい。ラースが逃げない。

以前のラースはわたしが近くにいるのも嫌がった。本当にここ最近の話だが、なぜだかラースはわたしを避けようとしなくなった。

それとも今回は、女達を帰されたのがよっぽど腹に据えかねているのだろうか。思わずキョトンと眺めていたら、彼は綺麗な黄金色（おうごんしょく）の目を伏せて小馬鹿にしたように笑った。

　きっとわたしが笑えるくらい間抜けな表情をしていたのだろう。恥ずかしさに頬（ほお）がカッと熱くなる。

「てか、姉さん、好きな奴いるの？　それ以前に人を好きになったことある？」

「しっ、失礼ね！　わたしにも好きな人くらいいます！」

…………BL本の登場人物だけど。それにもっというと本命はあなたなんですけど。

　というのはもちろん内緒だ。

　ムキになって言い返すと、ラースの眉がピクッと動いたような気がした。

「……へぇ。そんな格好でうろついてる姉さんの姿を見たら、そいつ幻滅するんじゃないの？」

「っ！」

　確かに、いくら楽だからって寝間着——ネグリジェで屋敷をうろつくのはやっぱり不味いか。でもなー楽だしなー。

　わたしは自分の格好を見下ろした。こんな格好で屋敷をうろつくため、ラースには日々怒られているがそれも慣れた。今ではなにを言われても右から左、のはずなのだが……

「わ、わたしはいいのよ！　どうせ誰も見ないんだから」

「ふーん」

　好きな人の口から出た『幻滅』という言葉に動揺して、思わず早口で捲し立てる。

　それにしても、さっきからダラダラとソファーで寝そべっているのに、どうしてそう絵になるのする。

よ。わたしがやったらトドがデーンと昼寝しているようにしか見えないのを、完璧な美貌でカバー

我が義弟ながらカッコいいにもほどがある。

「正式の場ではちゃんとした格好で出てるんだから、別にいいでしょ？」

懲りもせずに言い張ると、ラースは「はいはい」と妙に鼻につく相槌をした。

なんなのよー！　いつもそう文句ばっかり言って……わたしの寝間着姿が癇に障るならこっちなんか見なきゃいいじゃない……

だらしなく顔だけ動かして、じっとこちらを見つめるラース。

はだけた胸元から覗く褐色の肌が妙に色っぽい。

先ほどまで女達と口づけを交わしていた男らしい肉厚の唇が、艶やかに孤を描く。

わたしは義弟から漂う色香にオドオドと視線を床に泳がせた。

「な、なによ？」

「ネグリジェってさ、脱がせやすいようにできてるって知ってる？」

「………へ？」

「セックスしやすいように」

「せ、セッ……って……」

カーテンの端を握ったまま絶句するわたしに、ラースが声をあげて笑い出した。

流石女ったらしなだけのことはある。わたしが普段使えないような単語を臆面もなく言ってみせ

るのだから。

　さっきからラースは恥ずかしいことばかり言う。遠慮のないラースの発言が大人の世界過ぎて、わたしは顔を真っ赤にしながら俯いた。

　もう二十二歳なのに。引きこもりで普段から人とあまり話をしないから、そういう話題には気軽に参加できないし、ノリにもついていけない。

　とはいえ興味はあるし、なにをするのかはＢＬ本を読むくらいだから知っている。けれど、そういう行為を実践したことがない手前、どう返せばいいのか分からない。

　ここでも義弟との差を見せつけられたようで、やるせなさに小さく唇を噛む。泣きそうだ。

「……姉さん、嘘だよ」

　わたしがすっかり落ち込んでいることに気付いてやり過ぎたと思ったらしい。ラースはばつが悪そうに言う。

「……からかったの？」

「ただそういう意味で捉える奴もいるってことだよ」

　上目遣いでラースを見つめると、彼は一瞬息を呑んで、ふっと顔を逸らした。

　完全に憐れまれている。

　ラース以外に想える相手が見つからなくて、処女を卒業することができなかったのは確かに痛い。だって仕方ないじゃない。他の男性に触れられることを想像するだけで、鳥肌が立って気持ちが悪くなるんだもの。

うー、わたしって馬鹿だわ。こんな女ったらしで冷たくて自分を嫌ってる相手なのにどうしようもなく好きだなんて。それに……

——もし抱かれるなら、最初はラースがいい。

とか、性懲りもなく思ってしまうのだから救いようがない。

一度だけでも思い出として残しておきたい気持ちに駆られて、ラースの部屋の前まで来てノックをする寸前で我に返り、慌てて引き返したことなら何度もある。

そもそも、抱いてほしいって自分から夜這いをかけられるくらいの度胸があったら苦労しない。

こんな会話の最中にも、ラースとの情事を想像し、わたしが赤面しているなど目の前の当人は知るよしもないだろう。

「なに？　随分顔が赤いけど……やらしいことでも想像した？」

「っ！」

勘がいいことこの上ない。

また元の調子に戻って楽しげにクスクス笑いながら、ラースは余裕の表情でソファーに座り直した。その姿をボーっと眺めながら、わたしはさっきからどうしても確かめたくてうずうずしていたことを、無意味だとは分かっていても聞いてしまっていた。

「……ラースは」

「ん？」

「ラースもその……この格好、そう思って見てるの？」

「……ははっ、なに言ってんだか」

意を決して尋ねるも、少しの沈黙の後、乾いた笑いで一蹴された。相手にすらされていないことをはっきり見せつけられ、途端、わたしは現実に引き戻された。

想い人にここまで見下される前に、もっと早く関係自体を切り捨てるべきだったのかもしれない。未練たらしく当主の座に託けて居座り続けるのではなく、さっさと屋敷を出るべきだったのに。

「はぁ………わたしはそんなことをあなたと話すために来たんじゃないのよ」

「じゃあ、なにしに来たんだよ？」

少しでも長くラースの傍にいたくて、今までどうしても去ることができなかったのだ。でも——

なにも言わないわたしを、ラースが訝しげに見つめる。わたしは表情を引き締め、改めて彼に向き直った。

「姉さん？」

頑張れわたし！　言うなら今よ！

「ラウレンティウス・スピアリング……お父様の遺言通り、明日、あなたが十八になる誕生日にわたしはあなたに家督を譲ります。わたしは田舎にでも引っ越して隠居するつもりなので、後はあなたの好きになさってください」

よし、少し声が震えたけど言えた。ということでさようなら。

これで長年の悩みから解放される。

実は、引きこもり用の別邸に、権力をフル活用してちょっとした図書館を造らせておいたのだ。

悠々自適な隠居生活ならぬ引きこもり生活を想像して、心が躍る。

ラース。あなたのことは確かに大切だけど、ごめんなさい。読書も大切なの。

すると、それまで余裕の表情でソファーに座っていたラースが、驚いたように目を丸くした。

互いに息を潜め、妙な空気が流れる。

流石（さすが）にこれはなにか言われるだろうな、と覚悟していたら——

「ふーん。そう」

「…………え？　それだけ？」

「好きにすれば？　姉さんの人生なんだし」

興味なしといった風にすげなく返事をされ、拍子抜けする。

だって、そんな、あっさり？　いや、確かにわたしもサラッと許してくれるはず！　なんて思ってルンルンで来たんだけどね？　でも、他にもっとなにか……その……

物足りなさにモジモジとカーテンの裾（すそ）を握って、チラッとラースを見る。

「で？　他になにか用でもあるの？　俺、忙しいんだけど」

「——っ。そう……そうよね。明日から家督を継いでラースは色々と忙しくなるんだし……あはは、ごめんなさい。邪魔しちゃって……」

疑うまでもなく、やっぱりわたしは、義弟に相当嫌われていたようだ。

わたしのことなんて娶（めと）りたくもないのに、お父様への恩義でその条件を呑もうとしていた。しかし、目障りなわたしが自ら出ていくと宣言してくれたのだ。冷静に考えれば、ラースがわたしを止める理由などあるわけなかったのに。

形だけでもいいから気にかけてほしかった、だなんて、なにを期待してたんだか。

まるでわたしに興味の欠片もないと言われているみたいだ。「いらない」って改めて突き放されたことに、指先が微かに震える。

ショックで血の気が引いていき、目に涙が盛り上がってくる。

顔面蒼白でフラフラしている姿を見せるなんてみっともないから、わたしはラースの顔も見ないで逃げるように部屋を後にした。

第三章　正当な立ち位置

ラースに告白する前から玉砕した衝撃に、廊下をクラゲのようにふらつくこと数分。そうして廊下を漂っているうちにようやく頭が働くようになってきた。

ふぅー。さっきはラースにコテンパンにヤられちゃったけど、それでも大人のわたしは至極冷静だわ。だってほら、さっきまでの出来事がなかったかのように、当初の予定通り書斎の掃除にとりかか――る前に、クルリと方向転換。

ああ、そうよね……。まずは調理場へ行かないと……

そして、料理長から受け取った大きなタコ壺を両脇に抱えたわたしは、スタスタと自分の部屋に戻った。

まあ、あれよ。今回ばかりは、幼き頃のムカつくたびにタコを茹で上げる習慣が発動しちゃったのも致し方ないと思うのよ。

そんなわけで、後はベッドの上でいつも通り、茹で上がったばかりの赤くて丸い球体をひたすら頬張る。うん、塩味が効いて美味しいわ。

うっぷ。もうそろそろお腹の限界が近付いて……でもあと一匹、タコ壺の底にタコ足が残ってる……

『ダメよ、わたし！　泣き言なんか言っちゃダメ！　分かっていたことでしょう？　最初から。そんなことしたらこうなるって……』

『くぅっ、当然分かってたわよ。でもっ、でもね？　こうする以外に方法がなかったの！』

『いい？　毎回、毎回、一人劇場で気を紛らわしてるけど。何度繰り返せば気がすむの？』

『はぁっ……仕方ないわね。とにかく今は耐えるのよ。お腹のタコが消化されるそのときまで！』

――そう、シリアスになり切れないわたしは、一人脳内で議論を繰り広げつつ、タコの食べ過ぎでハライタを起こしていた。

とりあえず寝間着で腰回りがゆるゆるしてるから安心だわ。限界の限界に挑戦してあと一匹……とタコ茹でに手を伸ばしたところで、わたしはハッと手を止めた。

この最後の一匹を食べて、盛大にハライタを起こしたら……噂を聞き付けたお小言魔人ラースがやってくるかもしれない。最近のラースは口うるさいからきっと怒られる。

……うーむ。

ベッドの上でタコ壺抱えて思案している時間は五分もなかった。

あれからすぐ、わたしは潔くタコ壺の中から手を引っこ抜いて抱え直すと、自室を後にした。タコ壺片手に素早く移動して、当初の予定通り書斎に到着。さっそく掃除にとりかかった。

「ラースはわたしのいる場所には基本近寄らないから、今まで好き勝手にBL本を置いておくことができたけど……わたしがいなくなったら流石(さすが)に書斎は使うわよね」

当主になる人間が書斎を使わないわけがないので、ここに残っている本は全てラースが目にしても問題ないものに差し替えてある。

わたしは書棚を見つめながらお気に入りのBL小説に思いをはせた。

わたしが愛読しているBL本の主人公——エリオス・テュンダー。

彼は自身の主君でもある恋人に絶対の忠誠を誓う生粋(きっすい)の騎士で、褐色の肌に金髪、緑の瞳をした美青年だ。

瞳の色は違うけど、エリオス様は優しくて可愛かった頃の、昔のラースに似ている。だからエリオス様がわたしの好きな人なのは確かでも、彼はあくまでもラースの代わりというポジションだ。

そのエリオス様が出てくるBL本は、隠居先の本棚にしっかり収納されている。書斎にBL本は一切残っていないことは掃除中に確認できたから、一安心だ。

本来なら掃除は使用人に任せるところだけど、長年の引きこもり生活でお世話になった場所だもの。屋敷を出る前に自分の手でちゃんと綺麗にしてあげたいじゃない？

害虫防止スプレーは全部ラースに取り上げられちゃったから、はたきでパタパタするしかなかったけど。

一通り掃除が終わった書斎を満足げに眺めながら、わたしは中央に置かれた長椅子に「よいしょ」と腰掛けた。

といっても、屋敷内はいつも使用人が綺麗に保ってくれるから、正直あまり変わった感じはしない。

ちなみに文字の読み書きができる使用人は、最上級の権限を持つ執事長やメイド長に限られるので、そこさえ口止めしておけばBL本があっても安心して掃除を任せられる。

それに、うちの使用人は噂話の一つもせず淡々とお仕事をこなす。融通の利かない堅物な者が多いものの、個人情報保護の面に関しては安全だわ。

というわけなんだけど、聞いてしまったのよね、わたし。その堅物な使用人達が珍しく書斎前でたむろって噂話していたのを……

いけないとは分かっていたけど、ついこっそり話に聞き耳を立ててしまったのだ。

なんでも、ラースには好きな人がいるとかで、正式なお付き合いとやらはことごとく断っているのだとかなんだとか。

ふぅっ……ラースって基本チャラ男なのに、時々妙に真面目なのよね。我が家は主従揃って生真面目な者ばかり。

って、あれ？　そうなるとわたし、もしかしなくてもラースの密かな恋路のお邪魔虫？

正式に婚約したわけじゃないけど、婚約者的な立場のわたしがいたらやりにくいものね。でも、わたしが隠居宣言したからこれで恋の障害もなくなる……と。

なるほど、ラースがあっさり隠居を許可するはずね。

そもそもわたし、ちっちゃな頃から徹底的に避けられるくらい嫌われてたのに。最近少しラースが口を利いてくれるように（お小言中心だけど）なったからって、調子に乗ってたんだわ。

ちょっとでもラースが引き止めてくれるんじゃないかって、心のどこかで期待していた自分が恥ずかしい。自意識過剰。

ラースにとってわたしは甘い蜜に集る蟻みたいなもので、ラースの部屋にいた女達と同じ害虫か、目の上のたんこぶだ。

せめてもの償いとしてわたしにできることは、ラースが好きな人と幸せになれるように、一刻も早く屋敷を出て隠居するのみ、なんだけど……

「……どうしよう、美ガエルちゃん。ラースには好きにすればって言われたから言い出せなかったけど、今夜きっかり十二時に屋敷を出る予定です――なんて、ラースは全然興味ないわよね？　いつでも好きなときに勝手に出ていけば？　って感じだったし」

しゅんと肩を落としながら、長椅子に置かれていたカエルの抱き枕「美ガエルちゃん」を胸元でぎゅっと抱き締める。

勢い任せで隠居宣言したまではよかった。が、最も肝心な部分を言っていないのである。

だって、ラースが至極どうでもよさそうにしていたから……「知りたくもないことをいちいち報告するな」とか「余計な気遣いするな」とか、ぐちぐち言われる気がしたんだものっ。

でも、言わなきゃ言わないで他に文句をつけられるかもしれないし……

数刻前、自分に向けられたラースの冷たい眼差し。目障りだ、さっさと出ていけと言われているようで背筋が凍った。

ラースの冷え切った顔を思い出し、美ガエルちゃんを抱く腕に力が入る。

ちなみにこの美ガエルちゃんとは、お父様が昔、異国から取り寄せた珍しいカエルをモチーフにした抱き枕だ。カエルといっても緑じゃなくて、真っ白な体とつぶらな黒いおめめの可愛いカエルちゃんである。

ラースをいじめるときに使ったような食用ではなく、観賞用に取り寄せられた綺麗なカエル。それをわたしは一目見ていたく気に入り、お父様にねだってそっくりな抱き枕を作ってもらったのだ。

自分と同じ色彩を持つこのカエルが、当時我が儘小娘だったわたしには、ラースに嫌われている自分と重なって見えた。どうにも他人に思えなかったのである。

「もう十年以上経つからところどころ糸がほつれてきてるし、薄汚れて色も大分くすんできてるし……美ガエルちゃんというよりもボロガエルちゃんなんだけど、愛着があってなかなか捨てられないのよね」

あまり好かれない部類の生き物という点でも、わたし達はとてもよく似ている。

就寝時はもちろん、読書中の相棒でもある美ガエルちゃんを、わたしは大人になった今でも愛用してたりする。

「──って、わたしはもう屋敷を出るんだし、もろもろ悩む必要なんてないのよね。じめじめ暗くなっても仕方ないし。十二時になるまで、とにかくこれ以上迷惑かけないように極力気を付けて、見つかる前にとっとこ屋敷から出ていけばいいのよ！　うん、大丈夫、大丈夫。なんとかなるなる」

ようやく方向性が決まったところで、ふと窓の外に目を向ける。朱色の空が徐々に宵闇に染まっていくのを眺めながら、わたしはおもむろにスリッパを脱いで裸足になり、読書中いつもかけている眼鏡を外した。

ラースがしてたみたいに、長椅子にゴロンと倒れると、近くのテーブルから本を手元に引き寄せた。表紙をそっと指先でなぞると、気持ちが少し落ち着き、夢見心地で呟く。

「……あと少し。もう間もなくしたらわたしもそちらに参ります。エリオス様」

「──それが想い人の名か」

まあわたしにとってエリオス様はラースの代わりというか、小さな頃のラースみたいな感覚だし……。好きな人（ラース）、イコール、想い人（エリオス様）でも間違いではない？

「えぇ、そうね。想い人といえば想い人だけど…………………ん？」

本来あってはならない返しが聞こえた気がする──ハッ！

「──ら、ラースぅ!?　あっ──きゃぁぁぁぁぁぁぁっ！」

勢いよく起き上がった拍子にズルッと滑って、わたしは本と一緒に長椅子から転がり落ちてしまった。床に激突する既のところで、褐色の逞しい腕に抱き留められる。

「……なにをそんな慌ててるんだよ。危ないだろ」

「ご、ごめんなさい。ありがとう……」

床に落としてしまった本から視線を移し、おそるおそる見上げると、不機嫌な顔のラースと目が合った。

「で？　またタコの食べ過ぎで動けなくなってるって聞いたけど？」

「うっ……」

テーブルに置かれた空のタコ壺に目をやるラースに、ギクリと体が強張(こわば)る。

……もう、いったい誰がラースにタコ茹でのことをバラしたのよーっ！

「ムカついたからってタコのどか食いに走るのは控えるよう、日頃から言ってるだろ？　すぐに腹痛起こすんだからさ、食べ過ぎで」

「……はい。ごめんなさい」

殊勝(しゅしょう)に謝ってみせた、その瞬間。

『ぎゅるるるる～～』

「「…………」」

拝啓(はいけい)、反省しても止まないお腹の音。

そう、実は……治まっていたハライタがまたぶり返したのだ。やはり、お掃除しながら最後のタコを我慢できずにつまみ食いしたのがまずかったのだろう。

全部で六匹。ついに限界が来たのねと、書斎の高い天井を仰ぎ見て後悔する。

今朝方、医師に伝えてラース用に調合させておいた腹痛薬を、自分に使うことになるとは情けない。なんでも医師の話では、わたし用に少し調合し直すとかで、できるのに少し時間がかかるようだ。

「ほんと姉さんって懲りないよな……」

確かに、ハライタなのに無理を押して掃除を強行したのは不味かった。お腹は痛いし、当分タコは見たくない。

でも、そもそも、以前なら絶対わたしになんて近付こうともしなかったくせにっ。どうして今日はイレギュラーな行動ばかりとるのよ⁉

くぅっ、一人で書斎にいることに安心して、ラースに気付かないくらい腑抜けていたなんて……最悪だわ。

「……まだそんな物持ってるのか」

美ガエルちゃんを顎で指して、ラースは慣れた手つきでわたしを抱え直すと、長椅子に下ろしてくれた。ついでに落ちた本も拾ってテーブルに戻してくれる。

それから彼は一緒に座るでもなく腕を組み、こちらを見下ろす格好でわたしの前に静かに立っている。その整いすぎた肢体が眼前に迫り、思わず目が泳いだ。

「だってわたしカエル姫だもの……」

先ほどわたしを抱き上げたときの、ラースのわたしへの触れ方が妙に丁寧で優しくて、不覚にもドキッとした。まるで大切な人を扱うみたいに感じてしまった自分が恥ずかしい……。照れ隠しに、ラースから庇うように美ガエルちゃんを抱き締めた。

「わたし、自分が使用人達からなんて言われているかくらい、ちゃんと知ってるもの」

カエル姫は使用人達に陰で呼ばれているわたしのあだ名。昔、我が儘小娘だった頃に、ラースにカエルを投げつけていじめてたから……

「あと、ラースがわたしのこと嫌いなのも知ってるもの。小さい頃、沢山カエルを使っていじめたから。そのせいで今でもラース、カエル嫌いでしょ……？」

「…………」

思わず言ってしまったけど、沈黙するということは、やっぱり本心ではわたしを嫌いということらしい。あとカエルも。

いじめたのは本当にごめんなさい。イケメンなのに、カエルがトラウマとか……わたしのせいで……

「……別にカエルは苦手じゃない」

ラースが口を開いた。

でもわたしを苦手じゃないとは言ってくれないのね。カエルに負けた。つまりわたしはカエル以下。カエルに捕食される虫ということに…………ハエ!?

物思いに耽るように黙り込むラースの綺麗な瞳を見つめると、ふいに目が合う。そして
「フッ……」と静かに笑われた。

「なに？」

「え、あ……なんでもない、です……」

ドキッと心臓が跳ねる。

あまりにも優美な微笑に気後れして、言葉に詰まった。

わたしみたいな並みの容姿でそれをやったら、普通ムカッとされるところよ？　もうっ、ほんと、なにしても絵になるなんてズルいなぁ。ラースの目の覚めるような美貌も、これで見納めになるのは本当に残念。

屋敷を出るまで、あと六時間を切った。大人しく自室に引っ込んで待機するには丁度いい頃合いだが……

「カエル姫か……じゃあケロケロ鳴いてみたら？」

「ケロケロ」

「……即答するなよ。なんでそんなところばっかり素直なんだ？」

「ケロケロ」

「もういいって」

「ケロケロケロケロケロケ――」

「あーっ！　もうやめろって！　鳥肌が立つ！」

「ふふっ。やっぱりラースはカエル嫌いなんだ」

「っ！」

意地悪していたら、ラースにプイッと顔を背けられてしまった。

「ラース？」

「話しかけるな」

「ごめんなさい。もうケロケロ言わないから」

「うるさい」

不機嫌に言い捨てながらも、ラースは書斎を出ていこうとはしない。わたしの近くに立ったままそっぽを向いて、視線を逸らし続ける。耳の先がほんのり赤く染まっている。

この反応は……怒ってるというより拗ねてる？　ん？　違うな。もしかして……恥ずかしがってるのかしら？

そう思うと、子供みたいなラースの反応が可愛くて、クスクス笑ってしまう。

「……そんなに笑うな」

「ごっ、ごめんなさぃ…………ぷっ、あははっ。無理、だって可愛いっ」

「可愛いとか言うなっ！　そして笑うな！」

ようやくこちらを向いたラースが、身を乗り出して怒鳴った。いつもなら委縮してしまうところだが、必死な表情がいつもの居丈高な彼に似つかわしくなく、さらに頬が緩む。

「えー、可愛いのにどうして言っちゃダメなの？　あっ、そっか。ラースは男の子だものね？　可愛いは禁句だった？」

「姉さん、いい加減に……」

「ラースがいつになく焦ってて、とっても可愛い」

「なっ！」

唖然と口を開けたラースの顔がみるみるうちに赤くなっていく。

ラースをやり込められたことに満足し、ひとしきり笑った後、わたしは前に立っている彼を見上げた。注意するのを諦めたのか、ラースは少し困った表情を浮かべている。

「ラース、ごめんね？」

「………………」

ラースとのこんな楽しいやり取りは子供の頃以来、久しぶりだわ。お小言魔人の彼は怖いけど、やっぱり好きだと改めて実感する。本当――

「わたし、そういうラースはすごく好き」

「っ⁉」

ん？　あれ？　今、ポロッと正直な気持ちが零れ出ちゃった？　満面の笑みで言っちゃった気がする……

でも、大丈夫大丈夫。心配ないない。きっと姉弟として好きという意味で捉えるだろうし。まあ、なんだか固まってるようにも見えるけど。

「……嫌い、の間違いだろ」

「え？」

「あんた雰囲気に流され過ぎなんだよ」

そう吐き捨てる彼の顔には、わたしの言葉など信じないと書かれている。

もしかしてラース、わたしに嫌われてると思ってた？　確かに今まで顔を合わせれば喧嘩ばかりだったし、小さい頃はいじめられるしで散々だったわけだし……不味い。不味いわ。

「ち、違うのよ！　わたし、ラースのこと嫌ったりしてないわ。ちゃんと好きよ？」

そりゃ、こんな姉に突然好きとか言われたらビックリするわよね。

急いで否定するが、長年積もり積もった不審はそう簡単に払拭（ふっしょく）できるものじゃない。

「へえー、どのくらい？」

必死に訴えるわたしに、ラースは目を細め、試すみたいに言う。

「どのくらいって……」

絶句する。まさか好きの規模を聞かれるとは。

でも、「世界で一番愛してます」なんて本心だけど言えないいし。ましてや、ラースのためなら死ねるとか、命より大事ですとか、最初に抱かれるならラースがいいです、とか、口が裂けても言えない。

両手を広げて好きの大きさを表現するのもな……。手っ取り早いけど、やったらラースに小突かれそう。

困ったわ。究極の愛の告白だわ。

でも本気だってことがバレない、なにか上手い方法はないものかしらね…………あ。

「姉さん、今度はなにを始めたんだ？」

ラースの疑問を無視して、わたしはテーブルに置かれた紙と羽根ペンを手に、サラサラと書き出した。

「できた！　はい、コレっ」
◇　好きの度合い比較図
（大）ラース　＞　本　＞　タコ茹で　＞　カエル　（小）

言えないなら書けばいいじゃない。ちなみに絵付き。ラースは棒人間っぽくなっちゃったけど、他はなかなか可愛く描けたわ。

「なにこれ？」

意味分からんという顔で、ラースの眉間の皺が濃くなる。

ラースが怪訝そうに首を傾げているので、わたしは丁寧に説明することにした。

「カエルとタコを合わせても足りないくらい愛してます。ちなみに本（ＢＬ本、つまりエリオス様）より上」

我ながらいい感じにできた！　と、胸を張るが……

「きゃっ！」

「からかうな」

ピンッとおでこを弾かれた。

そうして悩んだ末の「好きの度合い比較図（絵付き）」は大失敗。わたしは暫く珍獣のごとく見つめられた。

そして色んな衝撃から立ち直ったラースが、額を押さえて開口一番、放った台詞がこれである。

「……正直、取扱説明書が欲しいと思った女性は姉さんが初めてだよ」

言われてすぐに「あるよ！」とリストが頭の中を駆け巡ったところで、はっと我に返った。完全に自分の世界に没入していたわ。

ラースを見ると、彼が探るような強い眼差しをこちらに向けていて、ぴしっと体が固まった。

「姉さんがなに考えてるんだか、さっぱり分からないんだけど」

「そ、そうなの？」

小さくため息を吐きながら項垂れるラース。

わたしは小首を傾げながら、目を瞬かせた。

「女性から『好き』の度合いを人間以外の生き物と比較されたのも初めてだよ。せめて友達とか人と比較してほしいんだけど」

呆れた顔で言われて困った。だって。

「わたし友達いない……」

ズーン、と落ち込む。

「っ！　ごめん……」

やたらと重苦しい雰囲気が漂う中、ラースがコホンッと咳払いをして、気を取り直すように「好きの度合い比較図（絵付き）」を折り畳んで懐のポケットに入れた。一応捨てずに持ち帰ってくれるみたいだ。ちょっぴり嬉しい。

「つーかさ、なんでそんなに嬉しそうな顔してるんだよ?」

浮き立つ心のままラースを眺めていると、ラースが無愛想に言い放った。

「随分と余裕だな」と指摘されて気付いた。ここ最近ずっと沈んでいたはずなのに、知らず知らずのうちに自分が笑っていたことに。

今そういう状況だったか? とラースが困惑している。不思議そうに首を傾げている姿は少し可愛い。

「ごめんなさい。その……楽しくて」

「楽しい?」

「こんなに楽しい会話を誰かとしたの、何年ぶりだろうなって思って。確か最後は……」

——お父様が亡くなる前、だったわね。

娘に激甘だった親バ……お父様が、わたしが丁度成人した十八の誕生日に亡くなられて、それからの当主生活は思っていたよりあっという間だった。

初めは、未成年のラースを守れるのは、ヘナチョコだけど大人で姉であるわたししかいないんだから! と息巻いていたのに。

極限のプレッシャーの中で意気込んで、踏ん張って、頑張って——見事に潰れたときは「やっぱりね」と自嘲した。そして、まるで死にかけのカエルが地面の上でひっくり返って、息の根が止まる寸前のところでラースが助けてくれた。

ああ、よかった、助かった……。そう思う一方で、義弟に助けられてる。保護されてる。目も当てられない。立場がない。

誰の目から見ても、才覚あるラースが当主になるのは当然のこと。だから来るべきときにラースに家督を譲って……あれ？　その後、わたしはラースにとってどんな存在になるの？　って、途中でもっと分からなくなった。

わたしはずっと、ラースにとって世間体が悪い、形だけの保護者だった。

そんな不出来で性格の悪い引きこもりの姉から当主の肩書を取ったら、なにもなくなる。

あ、そっか。そういうことか。ラースに家督を譲るということは、彼の傍にいる資格も理由も、全て失うということ。

つまりはとんでもない役立たずになるんだわ。わたし。

気が付いて、段々と理解していって、酷く寂しくなった。

せめて出ていく前に少しだけ、ラースとまともな会話がしたいなぁ……なんて思ってしまった。

その最後の思い出が昼間、女達を追い払ったときの、ラースの冷たい眼差(まなざ)しとあんな素っ気ないやり取り？　あれが最後の会話？

最低最悪だわ。わたしの人生とことんどん底ね！　と思っていたから、ラースがわたしのハライタを気にかけて書斎に来てくれたことが、素直に嬉しい。

今さっき交わした、朗らかで優しい――まるで彼と出会った頃の、仲良かったときを彷彿(ほうふつ)させる会話が自然にできていることにビックリする。

いがみ合うこともなく。カエルの真似をしてケロケロお喋りした一瞬で終わらなくて、数分経った今でもちゃんとまだ会話として続いてて、成立してて。

こんな救いようのないダメな姉なのに、受け入れてくれてるの？　ラース、許容量あり過ぎなのよ。ほんと、世話焼きのお人好しなんだから。

このやり取りが仕方なしのものだとしても、それでもわたし……すごく楽しくて嬉しいんだわ……

さっきからずっと、ラースはわたしの前で腕組みして立っていて、こちらを見下ろしている。書斎の長椅子に座り込んで、わたしが話そっちのけで物思いに耽(ふけ)っていても、静かに傍にいてくれるのを見ると……やっぱりなによりも大切な人だって、大事にしなきゃって思う。

「ラース。わたし、あなたには幸せになってほしいの」

彼の目を真っすぐに見返し、そう口にした。するとラースは一瞬目を瞠(みは)り、唇を小さく噛む。

「……そうか」

「うんっ」

いけない。ちょっぴり子供っぽい返し方しちゃったわ。

ラースは照れているのか戸惑っているのか、俯(うつむ)きがちに視線を逸(そ)らした。

わたしはそんな彼に微笑んで、それからふと窓越しに外を見る。昼間の天候と打って変わり、分厚い灰色の雲が夜空に垂れ込んでいた。

大分雲行きが怪しくなってる……。もしかしたら今夜屋敷を立つ頃には、雨が降り出すかもしれないわね。傘、準備しないと。

「……姉さん」

「なあに？」

窓辺に顔を向けながらボンヤリ返事すると、頭にポンッと優しく手を置かれた。大きくて温かいそれに、のろのろと視線を戻したら、どこか思いつめた顔をしたラースがこちらを見ていた。

「出ていくなよ」

「…………え？」

ラースの言葉が瞬時に理解できず、彼の顔をまじまじと見つめる。真剣な表情。ラースの瞳がなぜか切なげに揺れている。

――あ、そっか。分かっちゃった、わたし。

ラースは最初から引き止めるつもりで来てくれたんだ。昼間は好きにすればって突き放したのに。

まあもちろんハライタのお小言も込みで、なんだろうけど。

やっぱりラースって根はすごく優しくて良い子。女ったらしになっちゃったけど、昔の天使だった頃と本質はちっとも変わっていないんだわ。

納得して、嬉しくて、ちょっぴりホッとして……胸が温かなものでじんわりと満たされた。寂しさは募るばかりだけど、これでもう、思い残すことはない。

「ラース、ありがとう……でもごめんなさい。それはできないわ。わたしはもう隠居するって決めたのよ」

緩々と首を横に振り、諭すように言った。ラースは暫く沈黙した後、躊躇いがちに口を開く。

「……姉さんがそこまで隠居したがるのは、昼間言ってた好きな奴のせいなのか？　さっき長椅子から転げ落ちる前に言ってた……エリオスだっけ？」

「……っ！」

彼の口からエリオス様の名前が出てくるとは予想していなかった。驚いて、思わず息を呑む。

そんなわたしの反応を見て、ラースの黄金色の瞳がどこか凶暴な、剣呑な色を帯びる。きつく見据えられ、わたしはこくっと小さく唾を呑み込んだ。

「そうか、なるほどな。……操を立ててるってわけだ。それともソイツが姉さんの隠居先で待ってるとか？」

「…………」

「答えないのは図星だから？」

確かに結果的に好きな人（義弟）に操を立ててしまったし、隠居先には大好きな登場人物（BL本）が待っている。そう思うとなに一つ間違えていないのだから、困ったことに違うとも言いがたい……。でも本当のことを言ったら、どっかで頭でも打ったんじゃないかと思われるわよね。

「なに？　そんな顔して……言いたいことがあるなら聞くけど？」

頭を抱えたくなる衝動を必死に抑える。ラースはハッと軽く嗤い、意地悪く口の端を持ち上げた。

「そんなにその男のことが好きなのか？」

「…………」

ラースの質問に沈黙で返す。

やっぱり言えない。自分の正体がＢＬ本好きの腐女子だなんて言ったら、今度こそ口も利いてくれなくなる。

せっかく少し話せるようになったのに、これ以上幻滅されたくないわ！

それにわたし、少しでもラースの傍にいたくて、養子のラースとの義姉弟の関係にずっとしがみついてた。だからついにそれを正すときが来たってことで……。そう、コレは言うなれば最後の試練！　頑張れわたしっ！

「……昼間にも言ったけど、あなたはここで当主になって自由に生きてちょうだい。それがお父様の遺言でもあるのだし。これが本来のわたし達の正しい立ち位置なんだから」

「はぁっ？　正しい立ち位置ってなんだよ？　それを言うなら正当な当主は養子の俺より姉さんの方じゃないか」

え、もう当主やりたくない、とは言えない。

本当に、あー言えばこう言う。ラースってば、頭の回転が速い、面倒臭い子にお育ちだわ！

「あとね。お父様の遺言って、多分わたし達に仲直りさせたかっただけじゃないかと思うのよ。わたし達がずっと仲違いしているのをご存じだったから……」

お父様の遺言は正式な書面にしたわけでもないし、いつも口でしか伝えようとはなさらなかったから、本気でわたし達を結婚させようとはしていなかったのかも……

とはいえ、最期に残した言葉には重みがある。気にしないようにしても心に残るのは致し方ないことだ。

「お父様が何度も言い聞かせるようにして同じことを話したのはその、わたしが悪いの……わたしがラースをいじめたから……ごめんなさい……」

仲違いの原因はわたしだし、最後になんとなく仲直りできた気がするから、今のうちにわだかまりはなるべく解消しておきたい。

そうして話しながら色々と己の所業を思い出し、罪悪感から顔を伏せがちになる。すると、頭の上を優しく小突かれた。

「……ラース？」

おずおずと顔を上げると、ラースが静かにわたしを見下ろしていた。どうやらわたしはよっぽどしょぼくれた顔をしていたらしい。クスリと笑われた。

「子供のときのこと、姉さんがそんなに気にしてたなんて知らなかった」

「うっ……そうよね。ごめんなさい」

思えば今まで一度も、こんな話を互いにしたことがなかったわね。後ろめたくて……

「……あのさ、気付いてないようだから言うけど。姉さんは怒ってても、その……正直、怖くないし、可愛いだけだから無意味だよ？　カエルで嫌がらせされたあのときも、昔からずっとね……だから姉さんを嫌ったことはただの一度もない」

どこか懐かしむように、ラースがすっと目を細める。

ラースはわたしにどういう感情を抱いているのだろう。嫌いじゃないなら、どうしてラースはわたしを避けるようになったんだろう。どうしても素直には信じられない。

　そもそも、十人並みのわたしに可愛いとか恥ずかしげもなくサラッと言えちゃうなんて……流石(さすが)女ったらしだわ。格が違う……

　わたしはゴクリと唾を呑み込んで、こわごわとラースに尋ねる。

「怖くないの？」

「子猫に悪戯(いたずら)されている程度には感じるけど」

「わたしのこと本当に嫌いじゃないの？」

「嫌いじゃないよ」

「じゃあ最近お小言が多いのはどうして？　皺(しわ)増えるわよ、主に眉間(みけん)に」

「うるさい、余計なお世話だ。姉さんがそんな格好で屋敷を無防備にうろつくからだよ。いくら引きこもりだからって、俺の知り合いは出入りしてるんだぞ？　男連中に鉢合わせしないよう気を遣って神経すり減らしてるこっちの身にもなってほしいね」

　ガーン。

　やっぱり保護されてたのね。ラースがそんなことしてたなんて……どうりで寝間着姿で歩いていても、一度も外部の人と鉢合わせしたことがないはずだ。

　口をポカンと開けて呆然としていると、ラースが「当たり前だろ？」と不機嫌な顔をして眉を顰(ひそ)めた。それから「心配くらいする」なんて続けられては……

　この世話好きめ！　ひゃあー、どうしよう。好きが倍増するっ。

少し拗ねているような反応がまた可愛い！　でも、使用人たちの噂によるとラースの本命は別にいる。

嬉しさと苦しさが胸の中でごちゃ混ぜになりながら、口を開いた。

「……ほんと、沢山迷惑かけちゃったのね。ごめんなさい。でもこれからわたしは隠居して別邸で暮らすから。その心配はなくなるし、少しはラースの負担が減ると思うのよ。それに……ラースには好きな相手がいるって、わたし知ってるのよ？　だからラースはその方と結婚すればいいんじゃないかしら？　わたしも好きな人（ＢＬ本）と幸せになるから……」

ポンッと閃いたとばかりに手を叩く。

けど、ラースは渋い顔してなにも答えてくれない。そんな彼を前に、わたしは言葉を続ける。

「だからもういいのよ？　ラースはわたしのこと気にしなくていいの」

もうわたしのことは忘れてちょうだい。そう心の中で呟いてなんとかニッコリ笑ってみせる。

いい加減、手を離さないと。

これで大好きな義弟と過ごした大切な時間が終わる。お父様が亡くなって皆周りからいなくなって、辛いことも沢山あったけど今となってはいい思い出だ。だってこんなに長くあなたと一緒にいられたんだもの。

「……全然、よくないだろ」

「きゃっ」

腕を掴まれて、互いの唇がくっつきそうなくらいの距離までグッと顔を寄せられた。ラースが床に片膝をつき、長椅子に座るわたしと目の高さを合わせる。

「らっ、ラース？　あの、どうしたの……？」

「急に好きって言ったり出ていくって言ったり……姉さん、いったいなに考えてるんだよ？」

わたしを心配しているのか、ラースが焦っている。こんなダメダメな姉を気にかけてくれるなんて、優しい子で困っちゃうわよね。

「もうわたしから解放してあげる。そう言ってるのよ」

……よかった。声は震えちゃったし、寝間着姿で不格好だけど、やっと言えた。

これでラースを自由にしてあげられる。面倒でお荷物なだけの不出来な姉は必要ない。優秀な義弟には豊かな人生を、もっと自由に羽ばたいて生きてほしい。

うん。わたしずっと役立たずだったけど、最後にいいことできたっ！　これで心置きなく引きこもり用の別邸、兼、隠居場所へ行ける。なんて思っていたら——

「——って、ん？　あ、あれ？　あっ……いたたたたたたたたたたっ！」

「姉さんっ⁉」

あー、そういえば、話に夢中で忘れていたけど、わたしハライタだったんだわ。

とりあえず、ぐるぐる鳴り出したお腹を青い顔して抱え込む。でもって鳴りやまない悲痛な腹音を、これ以上ラースに聞かれまいと長椅子に突っ伏す。

小さい頃からしょっちゅうタコの食べ過ぎによるハライタを起こしているわたし。そんなわたしのお腹の音は、鳴るというより轟音に近いと使用人にまでも揶揄(やゆ)されている。失礼な！

というわけで、盛大に鳴り響く腹音からラースを遠ざけるべく、「ちょっと休めば治るから大丈夫っ！　ほらっ、全然ちっとも痛くないしー」と明るい笑顔で誤魔化す。

そして、書斎から義弟を無理やり追い出し……いや、退出させようとした。

だが、そんなことで騙されてくれるラースではない。じとっとした目つきでこちらを見つめる。

「痛くないってわりには姉さんの腹、すごい音してるし、顔色も悪いんだけど……」

「それはきっとラースの気のせいね」

「嘘つくな。具合悪いくせになに無理しようとしてるんだよ——って、腹にクッション当てて誤魔化そうとするな、腹音を」

「……っ！」

ここぞとクッションでお腹をカバーしていたら、一瞬で見抜かれた。ぎくりと肩が跳ねる。気まずい。

それでもクッションを放さないでいたら、ラースは呆れたようにため息を吐いた。

「部屋まで送るよ」

そう一言呟くと、わたしがお断りする隙も与えず、慣れた手つきでわたしをヒョイッと抱き上げた。

「きゃあ！」

クッションこそ取り上げられなかったものの、わたしの悲鳴を完全無視で、ラースはその鍛え上げた逞しい腕にわたしを抱いたまま、涼しい顔をして淡々と長い廊下を歩いていく。

そして、顔を合わせれば姉弟喧嘩勃発のツンツンしたこれまでの関係から一変――ラースはわたしを部屋へ送り届けるなり、看病するとまで言いだしたのだ。

「……姉さん」

「なあに？」

渋々クッションを手放して、ベッドで横になりながら顔だけ向けると、ラースはどこか困った顔をした。

「これ以上言い合いしていても埒が明かないから聞くけどさ。さっきからハッキリした理由を言おうとしないのは、俺に付きまとわれるのが嫌だからなんだろ？」

「違うわ。あなたが嫌だからとかじゃなくて、ただわたし、一人になりたいの」

また、ラースを嫌ってると勘違いされては大変だ。

そこはしっかり否定しつつ、心を鬼にして即答する。

心配してくれてるのに、ホントごめんね。でも、もう十二時まで時間がないの。このままここにいられちゃうと、屋敷を出るタイミングを失ってしまうのよ。

わたしの意思が固いことを感じ取ったのだろう。ラースはグッと拳を握り締めて、深くため息を吐いた。

「……分かったよ。そこまで言うなら俺はもう行く。でも、明日成人して家督を継いだら……ちゃんと姉さんに話したいことがあるんだ。だからそれまで部屋で大人しくしててほしい」

ラースが縋るようにこちらを見つめるので、わたしは真剣な表情で頷くしかない。

「分かったわ。大人しくしてる」

棒読み気味で返事をした。そう口にしつつ、内心では『もう、思い残すことはない。出ていける』と考えているのだから、やはりわたしは悪い姉である。

嘘つきは泥棒の始まり。ちなみにまだ、盗むものは決めてない。

ラースはわたしの心の声を感じ取ったのか、訝(いぶか)しげな視線を寄越す。

「……なんだかすごく嘘臭い。というより胡散(うさん)臭い」

「臭いっ⁉」

鼻は摘まれなかったものの、女性に向かって臭いとは何事だ！

「分かったわ。大人しくしてる。わたし、微動だにしない。なにがあってもこの部屋を出ない。タコも食べないことを約束します。これは嘘じゃないです」

「………」

なぜだ。めちゃめちゃ警戒されている。やっぱり片言の棒読みが不味かったのかしら？

まあ確かに、騙す気満々だけれどもねっ！　これも全ては義弟の幸せのため。

「はぁっ、仕方ないわね。そこまで疑うなら、ほらっ、小指出して」

「なんでだよ？」

ベッドから上半身を起こして、困惑しているラースの手を取り、互いの小指を繋いでみせた。

わたしから触れることなんて滅多にないから、ラースはちょっと動揺してるみたい。珍しく言葉を失っている。

「指切りするのっ。ね？　これでちゃんと約束しました。だから安心なさい。嘘をついたり、約束を守らなかったりしたら、わたしなんでもする。ラースの言うこと全部聞いてあげるし、ラースになにされても文句は言わないわ」

ラースがさっきわたしを引き止めたのは同情からだもの。今もそう。

わたしが頼りなさすぎて心配したのよ。ラース、口は悪いけど、根は優しくて真面目な良い子だから……

処罰は諸々、ちゃんと隠居先で受け入れます。

まあ流石に、屋敷を出て隠居までするトンデモな姉に、遺言通り結婚しろとか言い出さないでしょ？

大丈夫、大丈夫。今はお父様の遺言を気にして保護者面全開だけど、そのうち気も変わるわよ。半年もすれば、忙しくて義理の姉がいたことなんて綺麗さっぱり忘れちゃうわ。

そう一人結論付けてラースの顔を見上げる。しかし、彼は複雑な面持ちで眉を寄せていた。

「……分かった。あと一応言っておくけど」

「ん？」

「俺以外の奴には、そういうこと絶対に言うなよ？」

「あー、そうよね。安易に言って、お金とか無心されたら大変だもの。気を付けるわ」

絡めたまま小指をきゅっと締める。なぜだかラースは甘く整った顔を顰めたまま、一呼吸置いて答えた。

「……そうだな」

納得してない反応に「え、なんで？」と首を傾げたが、すぐに合点がいった。

我が伯爵家は国内有数の名家だ。お金は腐るほどある。

でもそれは日ならずして全部、ラースのものになる。

要するに、家督を継ぐラースの足を引っ張るような言動はしないよう気を付けろってことね。浪費家で役立たずの姉なんて最悪だものね。畏まりました。慎みます。

わたしはラースを安心させるために、「分かったわ」と、真面目な顔をして何度も頷いた。

第四章　送り狼には気を付けて

あれはわたしが四歳のとき。

生前、お父様はよくおっしゃっていたわ。

『いいかい？　ユイリー。レディーは守るつもりのない約束をしてはいけないよ？』

『ハーイッ。おとぉたまー』

大切なお父様の教えに、元気よく手を上げてお返事をする。お父様が大好きで、まだ生意気になる前のわたしは、非常に素直な子供だった。

常日頃から女性を甘いスイーツに例え、「女性（特に娘）は、デロデロに甘やかす」がモットーのお父様……

　その部分だけ切り取ってみると、ただの親バカまっしぐら（失礼）。

　だが、超絶子煩悩のお父様は、いつもわたしを立派なレディーとして対等に扱ってくれた。お話しするときは必ず目の高さを合わせてくれるし、わたしが色々失敗したりやらかしたりしても、頭ごなしにお叱りになるようなことは一切なさらなかった。

『約束を破ると口がタコになってしまうからね』

『タァーコ？』

　不思議そうに聞き返す幼いわたしの頭を撫でて、お父様はとても楽しそうにニコニコと笑っていらしたわ。

『そう、タコに』

『タァコ……』

　おめでたい思考回路の持ち主だったわたしは、お父様の言うことを完璧に信用した。

　そして、お気に入りの絵本に出てくる口の突き出たタコ口にならないよう、口を両手で押さえて必死にコクコク頷き、約束は守る人間になると誓った。

　しかし、そう健気に頷く間、既にわたしは別のことに気を取られていた。

『タァコ……』

　ふふっ。わたしあのとき「タコ」という単語が気に入って、お話が終わった後も暫く「タコ」って呟いてたわね。

そうそう、お父様。タコのお口は絵本にあるように突き出ておりません。お父様とお話しした後、気になって、料理長と一緒にふむふむと確認しましたもの。

本物のお口はタコ足の付け根にあるし、ギザギザの歯が並んでて、コリコリの触感が癖になる珍味です。味は濃厚で旨味成分タップリ！　とってもおいしいの。

……えーっと、つまり、あの後調理場で料理長とタコのお口を確認しながら食べました。ご馳走さまです、お父様。

なにが言いたいかというと、わたしは小さな頃から食い意地の張ったお子様だったのである。

お父様。思えばわたしはお父様がお亡くなりになってから、今日までずっと、人に迷惑をかけまくるダメ娘でしたね……ごめんなさい。

それも今回は、約束を破る前提で、最愛の人と指切りをしました。

『守るつもりのない約束をしてはいけないよ？』

お父様の教えを破ったので、覚悟はできております。

屋敷を出ていった後で、ラースが隠居先の本を全部燃やすよう命令してくるとか、はたまたタコ茹で一生禁止令を強いられるとか、もしくはお父様のおっしゃっていたように、滑稽(こっけい)なタコ口(くち)になろうとも……わたしは大人しく受け入れます。

そして本を燃やされたら一からコツコツ集め直し、タコ茹でを禁止されたら、代わりの魚介類を探そうと思います。

そしてタコ口(くち)になったら、タコ口(くち)に、なったら……えーっと。

と、まあ過保護全開のラースをなんとか追い出すことに成功したわたしは、現在、「うー、疲れたぁ」と自室のベッドに一人ぐったりと突っ伏していた。

「きゅるきゅる」と盛大な腹音がなおも鳴り響いている。

タコの食べ過ぎによるハライタのせいだろう。ラースがいなくなってシーンと静まり返った自室に、寂しく響く。とてつもなく空しい。

あーっ、ダメだ。疲れてるのね、きっと。

とにかく今はハライタで動けない。なにも集中できない。というか情けない。

と、お腹を抱えてベッドで丸まっていたら、コンコンと控えめなノックが聞こえた。扉を見ると、執事服に身を包んだ強面の男が、部屋の中に入ってくるところだった。

「お嬢様、失礼いたします」

彼は、わたしが生まれる前から伯爵家に仕えている執事長のアルフレッド。

齢六十過ぎにもかかわらず、鍛え上げられた屈強な体を有している。眼光鋭いその見た目は、おおよそ執事らしからぬ印象を受けるが、彼は実に有能で厳格。常に周囲を冷静に観察し、安定した言動で何事も的確に処理する、頼りになる存在だ。

そんなアルフレッドはお父様からの信頼も厚かった。屋敷の皆にとって庇護者のような存在だ。

かく言うわたしも、この家で信頼のおける数少ない人物の一人だと思っている。

「お加減はいかがですか？　お薬をお持ちしました」

目下、最優先事項――腹痛の緩和。

薬が届いたので一安心だ。これで動ける。

「……ありがとう。あと、服薬の準備もお願いできるかしら？　テーブルの上に置いてくれたら、後で飲むから」

「畏まりました」

四年前、十八歳でわたしが家督を継いだとき、わたしの周りからは次々人が消えていった。我が儘小娘から一転、引きこもりとなったわたしを見限り、ラースの元へ去っていった人々。

このときわたしは、社会的な繋がりを一切失った。

わたしは裸の王様そのものだった。

支持してくれる人はいない。自分にはなんの価値もない。

弟が成人するまで、一時的に当主の座に就いただけの憐れな女だと周りから認識されていることは、このとき身に染みて分かった。

そんなときでもいつも通り淡々と、何事もなかったかのように仕えてくれたアルフレッドの存在が、どんなにありがたかったことか。

アルフレッドはわたしの敵でもなければ味方でもない。どちらにもならない。なってくれない。けれど、だからこそ、わたしは彼を信用することができた。

そしてわたしはアルフレッドに託すことにした。隠居先に送る本の手配も、ラースに家督を譲る際の書面での手続きやその後の全てを。

「随分と入ってくるタイミングがよかったけど……わたし達の会話、聞いてたの？」

「はい」

アルフレッドはテーブルに薬を置くと、淡々と服薬の準備を始めた。

「どこから……って、あなたのことだもの、きっと最初から聞いていたのよね？」

「申し訳ございません。現当主であるお嬢様の身の安全を守るのも私の務めです」

眉一つ動かさず、事務的に仕事をこなすアルフレッド。先ほどのラースとのやり取りについては、なにも聞いてこない。

こちらから言い出さない限り、無駄に干渉しないスタンスの彼に、わたしはついつい愚痴りたくなってしまった。

「ええ、分かってるわ……あ、もしかして、わたしがタコの食べ過ぎで腹痛を起こしてるの教えたのって……」

「申し訳ございません。ラース様がお尋ねになられたので」

「いいわ。わたしも口止めしていなかったし」

油断した。まさかラースがわたしの様子をアルフレッドに聞くなんて思いもしなかったわ。

「……あのね、アルフレッド。ラースがお父様に恩義を感じていたことも、心酔していたことも知ってるわ。でも……破っていいと思うのよ、お父様から言われたこと。ラースには他に好きな人がいるんだから」

わたしという存在を、ラースは一度は切り捨てようとして——結局、お父様の影が過って捨て置けなかったのだろう。

でも、ラースには自分を犠牲にしてほしくない。わたしを無理に娶って彼の輝かしい未来をふいにしてほしくない。幸せになってほしい。

そのためなら、たとえお父様の遺言であっても、わたしはそれを無視することになんら躊躇いはなかった。

「先代の遺言を破り、お嬢様がそうまでして屋敷を出ていこうとされるのは、全てラース様のためなのですか？　ご趣味の本を満喫するためではなく？」

「ふふっ、それはねー……内緒っ！　まあ、隠居生活に期待してるし、ラースの当主っぷりが耳に入るのも楽しみにしてる。それで答えは十分でしょ？」

お父様が亡くなってからというもの、わたしは誰にも本心を話さなくなった。言ってもどうにもならないと思っていたからだ。

なにより胸にポッカリ穴が空いたような独りぼっちの寂しさと、誰にも相手にされない空しさを、この四年間で嫌というほど痛感していた。そうして、自分がいかにダメな人間なのかをよく理解した結果だろう。

……ホント、必死に追い縋っても大して意味はないのよね。離れていく人は、結局離れていくんだもの。

「……妥協点を探された、ということでしょうか？」

「まあ、そんなところね」

ラースがお父様に逆らったところを、わたしは今までただの一度も見たことがない。しかし、かといってお父様は義弟に厳しいわけでも、もちろん支配的な当主でもなかった。

思慮深く知性に富んだお父様は人望が厚く、いつも穏やかで、理不尽を強いるような人では決してない。

そんな高潔なお父様の唯一の失敗は、わたしを甘やかしすぎたことだ。お父様は屋敷の使用人達になにを言われても、結局最期までそれを通した。

本来なら女は当主になれない。継ぐ者がいなければ領地も財産も没収されて、わたしとラースは親戚に預けられるか、孤児院にでも入れられていただろう。

それをお父様は病床から這い出して、わたし達が路頭に迷わないよう王様に掛け合い、女のわたしを当主にまでした。

その愛は計り知れない。

「大丈夫よ、アルフレッド。ラースはわたしと違って頭もいいし、強い子だもの。もうわたしの名ばかりの保護は必要ない……そうよね？」

「……お嬢様」

伏目がちに小さく笑うわたしに、アルフレッドはもの言いたげな視線を向ける。

ラースを支持して去っていった人達を、そして、結果わたしを貶(おとし)めることになったラースを責めるつもりは毛頭ない。彼らは賢明な判断をしただけだ。

「隠居先はここからかなり遠いから、ラースの近況が届くのはかなり後になりそうだけど。定期的にお手紙とか……あと、たまにでいいから訪ねてきてちょうだいね。アルフレッド」

「畏まりました」

寂しい気持ちを押し殺して、無理に笑ってみせた。

この明るさが空元気であることは彼にも伝わっているのだろう、表情こそ変わらないが、瞳にどこか痛ましげな色が浮かぶ。

「それにしてもラースからあんなに近付いて来るなんて驚いたわ……。今まではわたしのことなんて全然無関心だったじゃない？　当主代行でよく助けてはくれてたけど……」

「はい、ラース様は近頃よくお嬢様と話されているようにお見受けします」

「そうなのよねー。最近はなぜだかやたらと口うるさいの。前はあんなに我関せずで放置されてたのに……」

まさか屋敷を出る話をしただけで、ここまで事が拗れるとは。

「ふぅっ……まあいいわ。ではアルフレッド、わたしがいなくなった後もあの子のこと頼みます」

「畏まりました」

事務的な返事だけしてアルフレッドは規律正しく頭を垂れた。本当にアルフレッドはどんなときでも彼のままだ。だからこんな状況でも少しだけ、心が落ち着く。

そのとき、サァーと静かな雨音が心地よく耳に届いた。

「――――ん？」

「いかがしましたか？　お嬢様」

窓の外に目を向けると、細雨が降り注いでいた。

「やっぱり降ってきた。日中はあんなに晴れてたのに……通り雨かしら？」

「この雲行きですと、この後相当に降るかと思われますが」

「……そう」

わたしがいなくなったら、ラースは暫く環境の変化に戸惑うかもしれないが、とりあえずアルフレッドに任せておけば間違いはないだろう。悲しいことに、不出来な姉よりも古参の執事の方がよっぽどラースの信頼を勝ち得ているのだから。

わたしはベッドからムクリと起き上がると、アルフレッドが用意してくれた腹痛薬と水をテーブルから取り、それをグイッと一気に飲み干した。

＊

にわか雨どころか豪雨になった真夜中に、十二時を告げる時計の音がボーンボーンと屋敷内に響く。それを聞いて、わたしはエントランスホールへと続く階段を一段一段下りていく。

ちなみに今はいつもの寝間着ではなく、何ヵ月ぶりかにちゃんとした余所行きのドレスを着用している。

まあ、最後くらいはね……と自嘲気味に笑いながら、扉の前に立つ強面の執事に話しかけた。

「今この瞬間、伯爵家の当主はわたしからラースに移りました。もう思い残すことはありません」

ラースが十八歳の成人を迎えた今、わたしがここにいる意味はない。

生まれたときからずっと過ごしてきた屋敷を出るのに、見送りはアルフレッドだけだし、外は生憎の雨。

寂しい門出に少しだけ切ない気持ちになる。

「それではアルフレッド、見送りをお願いできますか？」

「お嬢様、本当によろしいのですか？　なにも告げずに出ていかれるなど。後々ラース様に知れたら酷いお叱りを受けるのでは……」

「だってなにか言ったらまた余計に面倒かけちゃいそうだし。それにやっとハライタが治ったんだもの、出ていくならやっぱり今かなーと思って」

「しかし、天候もよくありませんし、雨風が強いうちは待たれてはいかがですか？」

確かにアルフレッドの言うことはもっともだ。

まさかこんな嵐の中を出ていくとはラースも思わないわよね。

うん、わたしも思わなかったわ。

気難しい顔をしたアルフレッドとは反対に、わたしはお気楽な調子でへらっと笑ってみせた。

「アルフレッド、いいのよ。わたしはこれでいいの」

「ですが……」

まあ、夜間で視界もよくないし、ビュービュー雨風が吹き荒んでいる中を馬車で移動。その上従者は御者一人きりって、やっぱりちょっと無謀だけど仕方ない。タイミングは今しかないんです。

わたしは渋るアルフレッドから傘を受け取ると、「ごめんなさい」と一言だけ残して扉を開けた。

「…………ん？」

一番先に視界に入ってきたのは、雨風が吹き荒ぶ外の風景ではなかった。

眼前にある、はだけた褐色の逞(たくま)しいこの胸元は——

「……ラ、ラースぅ？」

自然と声が震え、驚愕に目を瞠(みは)る。

おそるおそる見上げた先には——横殴りの雨に打たれながら、綺麗な黄金色(おうごんしょく)の瞳を細めて、こちらを見下ろしている血の繋がらない義弟の姿が。

瞬間、わたしのショックを表すように、ピカッとラースの背後で稲光が走った。

「キャーーーーーッ!!」

雷光に照らされた黄金色(おうごんしょく)の瞳が、まるで暗がりの中で狩りをする野性の獣のようにギラギラと光って見えた。

捕食されるー！　食べられるー！　というか怒られるー！　と、思わず指差して叫ぶ。ラースはうるさそうに耳を押さえて、心外だと言わんばかりに眉を吊り上げた。

「なんだその悲鳴は！　人を化け物みたいに……失礼だな。——って、どさくさに紛れてなに閉めようとしてるんだよ！」

思わず臭い物に蓋(ふた)の精神で扉を閉めそうになった手をガシッと掴(つか)まれる。

「ひゃぁぁあっ!?」

雨に濡れたラースの冷たい手の感触に、もはや変な声しか出てこない。完全にパニックだ。

「なんて声出してるんだ……ったく、本当にしょうがない人だな」

「な、な、な、なんでいるのよぅ⁉」

ラースはまたわたしに扉を閉められることがないように、扉の隙間に足を挟み入れてこちらを見下ろしている。それも不味いことに、わたしが寝間着姿ではなく余所行きの格好をしているのを見て、ラースはハッキリとその意図に気付いたらしい。

「……なるほど。そういうことか」

ひぇぇえっ⁉　やっぱり最近のラースはちょっと怖いっ。

パニックに陥ったわたしの手を逃がさないようしっかり掴(つか)みながら、ラースがギロッと鋭く睨(にら)んでくる。

「あ、あのね、ラース……わたし、その……」

「姉さんが挙動不審なのはいつものことだけど、近頃は特におかしかったから、なにか企んでいそうだと思って見張ってたんだよ」

「見張ってた……？」

「そしたらこれだ。大人しくしてるとか嘘までついて、少しはこっちの気苦労も考えてほしいね」

「えっ？　えっ？」

つまり、最近ラースがわたしを避けなくなったのは見張ってたから？　わたしがおかしなことしないように？　えっ、それだけ？

だから今日はあんなにしつこくわたしに近付いてきたのぉっ⁉

混乱しているわたしにかまわず、ラースはいとも簡単に扉をこじ開けて、屋敷の中に入ってくる。

「きゃあっ！」

吹き込んでくる雨風に驚いて身を縮めると、ラースが掴んでいたわたしの手をグイッと自らの方へと引っ張った。

「別れの言葉もなしか？」

「で、でも、改めてさよならなんて言ったら怒るわよね……？」

「当たり前だ」

「そうよね……って、んん？」

間髪を容れず返すラースに尻込みしながら、改めて彼を眺めた。

ラースの髪からポタポタと水滴がしたたり落ちている。軽く濡れた程度ではない。よく見ると全身ずぶ濡れで、洋服にも雨水が染み込んでいるではないか。

「やだ！　びしょ濡れじゃないのっ！　アルフレッド！　早くなにか拭くものを……！」

「必要ない」

「はぁっ!?　必要ないわけないでしょ！　この雨の中、あなたいったいどのくらいの時間ここに突っ立ってたのよっ！」

毅然と言い張るラースに大声で怒鳴る。

アルフレッドが即座に用意したタオルを受け取り、わたしは大急ぎでラースの頭をワシャワシャ拭きにかかった。どんな抵抗を受けても拭かないと、と思っていたのだが……

「……なんだか聞き分けのいい子供みたいね」

先ほどまでの威圧的な態度とは打って変わって、ラースは驚くほど大人しく拭かれている。

嫌がる素振りを一つも見せないなんて調子が狂うわね……。でも、やっぱりラースっておっきいワンちゃんみたいで可愛い。

なんて油断してクスリと笑ってしまったのが悪かったのかもしれない。

「アルフレッド」

「はい、ラース様」

「今日からお前の主人は俺だよな？」

「さようでございます」

「なら、これから部屋でなにが聞こえてきても決して入ってくるな。これは命令だ」

えっ、なにが聞こえてもってどういうこと？　わたしそんなに怒られるの？

「……畏まりました」

ちょっと待って、アルフレッド。そこで潔く畏まらないでちょうだい。もうちょっと踏ん張ってください、お願いします。

必死に助けを求めるわたしの視線にアルフレッドは気付いていないようだ。ポーカーフェイスでひたすら畏まっている。

もう、肝心なところで使えない執事め……！　と悪いわたしが顔を出す。

これから始まるであろうお説教に恐れをなして、どうしようと一人まごついていたら——ラースがいきなりなんの断りもなく、わたしを軽々と抱き上げた。

「えっ、あのっ、ちょっ、なに⁉」

そのまま無言でスタスタと歩き始めたラースにギョッとして、わたしは思わずそのはだけた胸元の襟元を引っ掴んだ。

「なに勝手に戻ってるのよっ！　わたしは出ていくんだから下ろして！　下ろしてよ！　下ろしなさいーっ！」

「暴れるな」

ぐいぐいと襟元を引っ張るわたしを疎ましげに見下ろして、ラースは一蹴した。

いやいやいや、出ていくはずが屋敷に逆戻りしているのに、これが暴れずにいられますか！　それもお説教されるのが分かってて戻るなんて、絶対いやー！

「離してラース！　ラースっ！　嘘ついてごめんなさいってば！」

半泣きになりながら必死に謝って、目前にある胸板を叩いて抗議する。しかしラースは一言も答えず、しれっとした顔でわたしを屋敷の奥へと連れ戻してしまった。


抱き上げられて、無理やり連れていかれた場所はラースの自室だった。

ふかふかなソファーの上にゆっくりと下ろされる。

目の前で仁王立ちするラースの眉間には、深い皺が刻まれていた。

「夜中に、それも嵐の中を出ていくなんてどうかしてるぞっ！」

ラースはそう語気を荒らげたが、次の瞬間には参ったとでも言いたげに額を押さえた。

「ったく、信じられないな。なにかあったら……もし怪我でもしたらどうする——って、姉さん全然話聞いてないな？」

聞こえないとばかりに手で耳を塞いでいたら、「塞ぐな」と速攻手を外された。

さっきは思わず泣きそうになったけど、要はアレよ。上手くやりすごしちゃえばいいのよ。うんうん。

ということでわたしは、早々に立ち直った。我ながら図太い。ガンバロウ。

「どうしてこっちを見ようとしないんだ？」

「………」

ラースは声を一段低くして、こちらに一歩にじり寄った。

悪いわね、見られないのよ。近すぎて……緊張するじゃない。

それに、さっきからずっと静かに怒ってるし。

まあ、大人しくしてるって約束を破ったんだもの、当然だわ。もし反対の立場だったら、わたしもきっとすごく心配する。

「姉さんの言う『解放』って、嵐の中を無茶して強行突破することなのか？」

「それはその、ごめんなさい……」

はぁ……しまったわ。これじゃあ反論なんてできるわけがない。

なんだか色々と申し訳ないなぁとションボリと肩を落とす。情けなさで胸がいっぱいになり、目蓋の縁に涙が溜まる。

「ったく、これじゃあどっちが保護者か分かったものじゃないな」

「っ！」

ラースは深く息を吐いた後、首の後ろを擦りながら吐き捨てた。

――プツンッと、わたしの中で張り詰めていたなにかが切れてしまったような気がした。

「だってわたし……ラースの足手まといになりたくないの」

「姉さん？　急になんの話をして……」

悪い噂話ばかりで、世間体も性格も最悪。頭がいいわけでも、特別綺麗なわけでもない。

あるのはお父様が残してくれた伯爵家の財産と権威だけ。

そんな張りぼてみたいなわたしが、一番嫌い。

「わたし、ラースのお姉さんなのに、ラースに助けてもらってばかりで、当主もちゃんとできなかった。お父様が亡くなって……ラースのことを守らなくちゃいけなかったのに。わたしの役目なのにっ。わたし……なにもできないから。きっとこれからも足手まといになる。ラースのためになにもしてあげられない。ごめんなさい……」

自分で言って改めて思うけど、わたしにはなにもない。

不出来な姉だもの。ラースだけでなく誰にとっても、自分が不必要な存在だってこと、とっくに気付いてた。気付かない振りをしていただけ。

大丈夫。わたし、ちゃんと分かってる。

なる。

「解放する……か」

ラースは物憂げな表情で呟くと、長くて綺麗な指をそっとこちらに伸ばし、するりとわたしの頬を撫でた。日頃剣を振るうラースの指先は硬く、自分の指とは違う男性らしいそれに鼓動が速くなる。

「なんだか引きこもってる間に、姉さん一人で全部決めたみたいだけど……」

「う、うん」

ラースは女の人みたいに綺麗だけど、やっぱり手は男の人なんだ……なんて、眺めてる場合じゃないっ！　なぜ撫でる!?

さっきまで「どっちが保護者か分かったものじゃないな」とか言って、怒ってたのに！

警戒を強めたところで、ある異変に気付いた。

「……あ、れ？」

困っているような怒っているような、複雑な表情を浮かべるラース。彼の指先がわたしの頬から離れると、なぜか濡れていることに気付いた。

そして、わたしの頬にもどういうわけか濡れた感触がある。

「――どうして？　わたし……」

泣いてる？

そっと頬を触ってみると、やはり……あら、濡れてるわ。どうやらわたしは無意識に泣いていたらしい。こんな反応、自分でも予想していなかった。

「ご、ごめんなさい。自分の部屋に戻るわね」

焦りながらソファーを立とうとしたら、パシッとラースに腕を掴まれた。

「待てって。そんな状態で行く気か？」

「平気よ、このくらいっ。手を離してちょうだい！」

ぐいっと腕を引っ張り、きつく義弟を睨む。

瞳からポタポタ零れる滴に気付かないくらい愚鈍だとは思われたくない。これ以上、ラースに無能だって判断されたら……

「嫌だね。泣きながらそんなこと言われても、説得力ないんだよ」

ラースは淡々と言うと、次いで苛立った様子で舌打ちした。思わず肩がビクついてしまう。

ごめんなさい。わたし面倒臭いわよね……

自己嫌悪に陥って、視界が揺らぎ、ますます涙が止まらなくなる。

「情けない、っ、お姉さんで……ごめん、なさい……」

突然嗚咽混じりに話し始めた姉に、ラースは分かりやすく戸惑う。

「おい、急にどうしたんだよ？」

「わたし……ラースのこと、大好き、なの」

「姉さん……」

「だから、本当は、もっとちゃんと、したかった」

「……うん」

ラースの問いかけも無視して、自分の思いばかりが口をつく。空いている方の手で懸命に溢れ出る涙を拭う。

「隠居する、前に……最後くらいちゃんと、っ、姉らしく、してあげたかった……」

「……そっか。分かった」

ぶっきらぼうに短い返事だけすると、ラースはソファーに座るわたしの前で膝をつき、目線を合わせた。わたしの手を取り、包み込むようにふんわり両手を握る。

そこからじわりと温もりが広がっていき、肩の力が抜けた。

「冷たい言い方して悪かったよ。姉さんがどう思ってたのかは分かったから。だからさ、我慢とかしなくていい。泣きたいなら好きなだけ泣けば?」

好きなだけ泣く許可をいただいた。

頭の芯が痺れたようにぼうっとして、考えがまとまらない。ソファーに座りながら、目を細めてこちらを見つめるラースを、ぼんやりと眺め続ける。

「泣かせた責任くらい取るよ。それに、本当は弱いくせに、無理して俺を守ろうなんてしなくていい。姉さんが泣き虫なのはとっくに知ってる。今更隠す必要はな——」

「虫!?」

ぼうっとしていた頭でも、「虫」という単語は拾い上げた。

わたしが思わず身を乗り出して反応すると、ラースは可笑しそうに噴き出す。

「反応するのはそこなのか」

彼は「姉さんらしいよ」と苦笑した。

＊

数十分後。わたしとラースは、未だ彼の部屋にいた。

いつまで待っても涙は止まる気配がない。その様子を見て、ラースはぽつりと呟いた。

「全然泣き止まないな……」

ううっ、ごめんなさい。

しかし、滝のように流れ続ける涙を鬱陶しがることもなく、ラースはむしろ、感心したようにしげしげ観察している。

責任取るとか言ってたけど……ラース、なんだか少し楽しそうね。

そういえばラース、ずっと床に膝をついているけど、足痺れたりしてないかしら？

大丈夫？　ちゃんと立てる？

とりあえずフラついたら支えてあげよう。なんなら肩も貸すし。

はぁっ……でも、そんなことやったって、こんなお姉さんじゃあ心許ないわよね。

ボタボタと涙垂れ流しで――って、なんだか表現汚いわね。

このままじゃ、ラースのお部屋用に誂えさせた高級絨毯に染みができちゃう。異国から取り寄せた特注品なのに。

泣くな、わたしっ！　ここは意地でも涙を引っ込めるのよ！

そうは言っても、やっぱり涙は溢れてくる。

「姉さんの目、泣きすぎて真っ赤だ」

「ご、ごめんなさい……」

さっきからラースが頬を撫でて慰めてくれてるのに、全然涙が引っ込んでくれない。

それもこれも、ラースがこんなに優し過ぎるのがいけないんだわ。普段はからかってばかりで、意地悪なことしか言わないのに……調子が狂う。

しゅんと落ち込んで俯いていると、ラースが指先で顔を上げるよう促してきた。

「なあに？」と素直に顔を上げる。

「謝らなくていいよ。俺は姉さんが駄目だなんて思ってないし、姉さんから解放されたいとも思ってない」

「……え？」

呆けていたらラースがクスリと笑った。

わたしの額に自分の額をそっと寄せる。

「だから、姉さんが出ていく必要はないってことだよ」

ラースはわたしを慰めるために、こんなことを言っているのだろうか？

だとしたら、途中お高い絨毯のことばかり気にかけていた自分が恥ずかしい。

放心してなにも言えずにいたら、ラースがおもむろにわたしの腕を引いた。

逞しい胸に優しく引き寄せ、わたしを抱え込むようにしてゆっくり立ち上がると、さっきまでわたしが座っていたところに腰を下ろした。

ラース、足痺れてなかった！　よかった！

……じゃなくて。

「きゃぁああ！」

間を空けて悲鳴をあげたわたしを、ラースは膝上に乗せて一瞥しただけで、少しも気にした素振りを見せない。

「下ろしてっ！　下ろしなさいよー！」

が、答える代わりにラースはハイハイと慣れた様子で背中をポンポンと軽く叩いた。

「わたし、子供じゃない！」

ラースは「そうだな」と言いながらも、小さな子を宥めるように触れてくる。

それでもわたしが泣き止まないのを見ると、次いで頬や目元にキスを落とした。

優しい愛撫がくすぐったくて、思わず身じろぐ。

我慢できなくなり、とうとうクスクス笑い出すと、ラースは安心したように目を細めて穏やかな表情を浮かべる。

それから——チュッと軽く唇にキスをした。

「っ！」

「子供だなんて思ってないよ」

驚き目を瞠るわたしを真っすぐに見据えるラース。

彼の温かい唇がそっと頬をなぞり、涙を吸う。

「好きだって言われて答えないのは野暮だろ？」

普段のラースからは考えられないいくらい甘い声で耳元に囁かれた。

そして、少し間を置いて彼の言葉の意味を理解し、目が点になる。

確かに初めて抱かれるならラースがいいと思っていた。スラッとした手足と、はだけた胸元や艶っぽい表情を見るたび、どきどきと胸が高鳴った。

わたしの腕を掴むラースの堅い手の感触は、紛れもなく男の人のもので……少し力を入れたくらいではビクともしない。その力強さが怖くもあり、でももっと触れたくもある。

混乱と戸惑い、キスをされた嬉しさと恥ずかしさを隠すために、ラースの膝上で所在なげに目を伏せる。

どこか妖しい手つきでわたしの腕を撫でると、ラースは腰にするりと腕を回す。

「おいで」とゆっくり引き寄せられて、再び唇が重なった。


「んっ、ふっ……ぁ……」

先ほどまで止まる様子を見せなかった涙はすっかり収まっている。しかし、その代わりに、わたしの口からは聞いたこともないような甘やかな声が漏れ出ていた。

ラースは舌を使って器用に中へ割り入ると、奥にあったわたしの舌を絡め取る。

彼の熱い舌から逃げようとするたび、逃がさないとばかりにさらに深く口づけられ、呼吸が上手くできない。体に力が入らず、ラースの腕を掴む手が小刻みに震えた。

卑猥な水音を立てながら、ラースは口腔内を掻き回し、口蓋を舌先でなぞる。背中がぞくりとざわめき、体の中心に火がともったような気がした。

くたりとラースに寄りかかると、彼は少し唇を離し、クスリと笑った。肩で息をするわたしを満足げに見下ろし、口を開ける。

「キスするとき、鼻で息をするんだよ」

「はっ、ぁ……」

「慣れてないんだな」

どうやらわたしは酸欠になりかけていたようだ。

喘ぐように息を吸い込んでいると、ラースは微笑んで、どこか嬉しげに囁いた。

顔に熱が集まり、思わず顔を伏せそうになる。ラースはクイッとわたしの顎先を掴み、唇をその肉厚な舌で舐めた。

ううっ、恥ずかしい……これ以上、色気駄々洩れのラースに耐えるの無理っ！

勢いよく「やっぱりわたし、子供でいいですっ！」と逃げ出そうとしたら、腰に手を回され、グイッと引き戻されてしまった。

ラースは「それは無し」とわたしの言葉を一蹴して、くるりと体位を変えると、上から覆い被さってきた。

「きゃっ！　ちょ、ちょっと待って。ラースお願いま――っ！」

ラースの分厚い胸と自分の体がぴたりと重なって、心臓の音が破裂するかと思うほどどうるさく鳴り響く。動揺するわたしを見て、ラースは喉の奥で笑い、深く唇を重ねた。

ラースの熱い息遣いが唇を通して伝わってくる。野性の肉食獣みたいなラースが怖い。

自分が今にも捕食される恐怖に震える小動物のように思えてくる。

なのに、どうしても彼に惹かれる気持ちを止められない。

「やっ、ぁ、んっ……」

ラースの熱い唇の心地よさに負けて、全身の力が抜け落ちていた。

ラースは口腔内で逃げ惑うわたしの舌に容赦なく絡み付いてきて、何度も執拗に吸い上げる。思わず縋りつくようにラースの衣服をキュッと掴むと、後頭部に手を差し入れられて、繋がりをさらに強くされた。

互いの唾液が交わり、口の端から零れ落ちる。

激しい口づけにカッと耳まで熱くなり、思考が霞んでいった。

「あっ……」

ようやく唇が離れると、唾液が銀糸を引き、その艶めかしさに目を逸らした。

もう、恥ずかしすぎて無理ー！

「だっ……ダメっ！　ギブアップ！」

必死に両手で褐色の逞しい胸を押す。もちろんビクともしないけど。

ラースは突然の敗者宣言に目を瞬（しばた）かせて、小首を傾げた。

「もう？」

子犬みたいにキョトンとしたその反応は……めちゃくちゃ可愛いわ！

じゃなくて！　ギブアップするにはまだ早いってこと？

冗談でしょう？　これ以上は心臓が持たないわよっ。

「も、もう無理っ！」

「まだまだこれからなんだけど」

ラースは不満顔でこちらをじっと睨（にら）む。

これは代わりになにか……ご飯でも食べさせればいいのかしらね？　お腹一杯になれば満足して、さっきのことを続けようなんて思わないかも。

あー、ラースの好きな食べ物ってなんだっけ？　食用ガエルじゃないのは確かよね。

もしかして、タコはギリ平気？

ラースのお食事事情について考えてたら、彼がわたしの頬（ほお）を愛おしげに撫（な）でた。

意識を目の前の義弟に戻すと、もう一度軽く、甘噛みするように優しくキスされた。

まるでそうするのが当たり前みたいに、キスを繰り返す。

こんな短時間でキスする関係になるなんて……ラースってやっぱり相当女性の扱いに慣れているんだわ。

我が義弟ながらすごい。尊敬し…………ハッ！　わたし、また流されてるっ!?

「姉さんさ、ポヤポヤ考えごとしてるとこ悪いんだけど。約束、破ったらなんでも言うこと聞くって言ったよな？」

「………へ？」

ずいっと顔を近づけ、ラースは不敵な笑みを浮かべる。

ポカンと彼の顔を見返した後、そういえばそんな約束をしたな……と思い出す。

お父様の教えとラースの約束を破ったわたし。確かに罰を受けるべきだ。

大丈夫！　覚悟はできてます。どーんとこい！

「俺は父さん――フィリスティア卿の遺言通り、姉さんを妻にする」

ええと……はっ⁉　はあっ⁉　なに言ってるの！　ダメに決まってるでしょ！

どうしてなの……？　やっと、わたしから解放してあげられたと思ったのに。ラース自らわたしを妻にするとか言い出しちゃうって、何事っ⁉

仕方ない。ここは一つ、真面目に考えよう。

わたしを妻にしたいなんて、きっとラースの気の迷いよ。どう考えたってわたしの存在は足枷でしかないんだから。

うーん、どうしたら隠居生活に持ち込めるかしら……

ということで、悶々と考えて十分が経過。

「姉さん？　また急に黙り込んで今度はなに考えてる？　というか、企んでないか？」

ほんと、勘がいいことこの上ないわね。

じっとこちらを静観しているラースを真正面から見返して、短く息を吐くと、わたしは覚悟を決めた。

「わたしずっとラースのことが好きだった。だけど、それは義弟としての意味でよ。わたし、他に好きな人（好きな本）いるし」

これだけはっきり言えば、流石(さすが)にラースも折れるでしょ？

ちらりと彼の反応を窺(うかが)うと、ラースは白けた顔をしてこちらを見ていた。

あ、あれ？ ラースの反応が……思っていたより薄い？

予期せぬ反応に思わずゴクリと唾を呑む。

「ふーん」

こっ、この子、全然気にしてなぃ……

「で、エリオスってどこの誰？」

誰とは誰でしょう。そもそも人じゃない。

「聞いたことがない名前だけど、どこの貴族？」

聞いたことがある名前であってたまるものですかっ。それはＢＬ本の登場人物の名前よぉ〜っ！

なんてとても答えられないので、とりあえず口笛を吹きながら目を逸(そ)らす。

「それともまさか……相手は平民なのか？」

「さ、さあー、どうでしょう」

「姉さん、誤魔化すの下手すぎて、どれが嘘だか分からないんだけど……」

つまりは全部分からないと！　やった。わたし嘘つく才能あるっ。

内心ほくそ笑んでいると、ラースは不愉快そうに眉根を寄せた。

「姉さんはソイツと付き合ってるってことだよな？　付き合って何年目？」

つ、付き合って何年って……うーん。改めて聞かれてみると、ちょっと待てよ？

十代前半で引きこもりになって、書斎に入り浸るようになってからすぐに見つけたから……

今わたしは二十二歳。おー、つまり、本としてのお付き合い？　を始めたのは――

「十年くらい？」

「はぁ!?　十年って……」

顎に手を当てながら答えると、ラースはぎょっとして目を見開いた。

エリオス様との付き合いも長いものね。ラースが養子に来てから過ごした年月とそう変わらないじゃない。

よし！　これ以上ボロを出す前に、この話は早々に終わらせましょ。わたしって立ち直り早い。

と、いうことで、さような――

「まあいいか。下手に嘘の情報を掴まされるよりも、姉さんと結婚してからソイツのことをゆっくり探した方がいいな」

へっ!?　エリオス様（ＢＬ本）を探すっ!?

「それはダメェ――ッ！」

「断る。妻の浮気相手を調べないなんてあるわけないだろ？　それに、姉さんの言う正当な立ち位置って、こういうことだと思うけど？」

「……それってどういうこと？」

さっきのキスは、単にわたしを泣かせたことに責任を感じてラースが取ったただの気まぐれ。その先なんてあり得ない。

一時の触れ合いのはず。そうじゃないといけないのに。

「もう一度言う。俺はフィリスティア卿の遺言通り、姉さんを妻にする。それが俺が認識してる、俺と姉さんの正当な立ち位置ってこと」

「……本気、なの？」

おずおず尋ねると、ラースは射抜くようにこちらを見据え、即答する。

「本気だよ」

「っ。でもラース、好きにすればって最初に言ってた……」

「泣いて好きって言われて、俺が逃がすと思う？」

「っ！」

ラースの言葉に、頬に勢いよく熱が集まっていく。

確かに泣きながら大好きとか、他にも色々言っちゃったけど。

「それにさっきから姉さんが言ってること、俺に遠慮して出ていくとしか聞こえないんだよ。その姉さんが好きだって言ってるヤツ——エリオス？　を理由にして、無理やり納得してるように見えるんだけど？」

「――っ！」

「世間体とか気にして俺から離れようとしてるけど、姉さん、本当は俺のこと愛してるだろ？　泣くほど離れたくないくらい、俺のこと好きなんだろ？」

「違う？」と、ラースがまたまた余裕たっぷりの綺麗な笑みを向けてきた。カッコいい……って、見惚れてる場合じゃないーっ！　めちゃめちゃバレてるじゃないのよ！

「ジェーンを呼ぶ。これ以上濡れた格好でくっついてたら姉さんに風邪引かせるのがオチだから、俺は風呂に入ってくるけど……逃げるなよ？」

ジェーンとは、我が家のメイド長の名前だ。

……嘘、でしょ？

わたしはピシッと石のように固まったのだった。

第五章　震えるちんまい小動物

『いいかい？　ユイリー。レディーは守るつもりのない約束をしてはいけないよ？』

前略、天国にいるお父様、お母様。

娘はお父様の教えを破り、「してはいけない約束の指切り」をしました。ごめんなさい。

わたしはもうレディーではありません。ラースに食べられる前の震えるちんまい小動物です。

約束を破って狼、またの名をラースに遺言通り娶ると言われてしまいました。

酷い噂ばっかりの役立たずなわたしと？

それも……エリオス様（ＢＬ本）を探す——ですって⁉　なんでそうなるのっ⁉

おかしい。おかしいわっ。

わたしはラースが自由になれるように、ラースが本当に好きな人と幸せになれるように、と思って隠居を切り出したはずですよね？

なのに、なんで、いつの間にか、ラースと結婚する方向に流れちゃってるんでしょうか⁉

……——ふうっ、いけないい。思わず取り乱してしまったわ。

とはいえ、お父様とお母様に泣き言……いえ、心のお手紙を書いてしまうくらい超絶ピンチなのよね。

……お父様、お母様、たーすーけーてー！

＊

「困ったわ、ジェーン……どうしよう……ラースが全く言うことを聞いてくれないの」

一悶着の末、ラースの自室に取り残されたわたしは、テーブルの上に、文字通り頭を抱えて突っ伏していた。

ちなみに時刻は午前一時をちょっと過ぎたところ。

静まり返った屋敷内で起きてるのなんて、わたしとラースと、あと騒ぎで起こされたジェーンに、騒ぎ冒頭からいた執事長のアルフレッドくらいだ。

アルフレッドの姿はどこにも見えないけど、多分ラースと一緒にいる気がする。

ラースに後を任されたジェーンは、わたしがこんな時間に珍しく余所行きのお洋服を着ているのを見て、なんとなく状況を把握したらしい。事務的な口調で淡々と急かしてわたしを寝間着に着替えさせ、テーブルに着席させると紅茶を淹れてくれた。

「お嬢様、そろそろ鏡台に移動していただけますか？　御髪を整えませんと」

「分かったわ」

紅茶の入った白磁のカップを眺める。

せっかく淹れてくれたのだし、残すのは勿体ない。まだ口にしていなかった紅茶を飲み、カップを置き、わたしは素直に立ち上がった。鏡台の椅子まで静かに移動して座り直すと、さっそくジェーンがわたしの髪を梳(と)かし始める。

「先ほどのお話ですが……殿方とはそういうものではありませんか？」

ジェーンは表情一つ変えず、淡々と言い放った。

彼女にはラースとわたしの間に起こった出来事について、既に話している。

寝ていたところを起こされたのに嫌な顔一つせず、後ろでテキパキわたしの身なりを整えているジェーン。そんな彼女に視線を向けて、自信なさげに小さく言う。

「でもわたし、色気なんて全くないし、そういう対象にはならないと思うの」

政略結婚の際、予め お互いの不倫に干渉しないと決める夫婦もいる、というのは貴族間ではわりと当たり前だ。

けど、もし本当にラースと結婚するなら、わたし以外の人とキスもそれ以上もしてほしくない。なんて言ったら、迷惑がられるだろうか。

ふと普段のしかめ面のラースが脳裏に浮かび、喉の奥が詰まったように息苦しくなる。鏡に映る自分の冴えない顔をボーッと眺めていたら、ジェーンが静かに口を開けた。

「そういうのがお好みなのでは？　世の中にはフェチというものがございます」

ふんふん。なるほど。そっかぁ、フェチね。フェチか。フェチなのねー。

……………エッ？

「……ちなみに種類は？」

「直接お聞きになるとよろしいかと」

「…………」

先ほどから淡々と世話をしてくれるジェーンは、アルフレッドの次に堅物な使用人と言われている。

スタイルがよく物静かで、栗色の髪に緑の瞳をした彼女は、ラースと同じ褐色の肌の持ち主。昔、ラースと一緒に亡命してきた臣下のうちの一人だ。

もちろん、同郷のラースをいじめていたわたしのことを好いてはいない。

しかし彼女は仕事と私情を切り離すタイプのようで、聞かれたことにはちゃんと答えてくれるし、メイドとしての役割も完璧にこなしてくれる。

ほとんど表情は変わらないし、返答は全部棒読み状態だけど。

わたしがグチグチと文句を垂れていても気にしない。というか、時折、話を聞いてないいんじゃないかと疑うくらいだ。

ジェーンに好かれていないことは分かってるけど、お姉さんがいたらこんな感じなのかな、と時々妄想してしまう。そのくらい実は、結構ジェーンが好き。

一方通行って感じで、少し切ないけどね。

あーあ、それにしても、久しぶりにちゃんと余所行きの服を着たのに。また寝間着姿に逆戻りなんてあんまりだわ。

もういっそのこと、これからは外出するときも寝間着で出かけることにしようかしら？

なんて言ったら、ラースがまた目を剥いて怒りだしそうよね。止めておこう、命が惜しいし。

「ラースにロリコ……幼児体型フェチですかって直接聞けってこと？」

わたしはてっきりラースはグラマラスな体型の女性が好きなんだと思ってたわ。実際、今までラースの周りにいた女の人たちって、わたしとは正反対の派手な美人が多かったし。

「夫婦になられるのですから、わだかまりは早々に解消される方がよろしいかと」

「あぁ、それね。ちょっと色々複雑なのよ」

「お嬢様、あまり動かないでください。御髪が整いません」

落ち着かなくソワソワしていたら注意されてしまった。ごめんなさい。でも――

「あのね、ジェーン。そんな悠長に髪の毛を整えてる場合じゃないのよ。ラースが戻ってくる前に上手いこと逃げだ……あー穏便に事を収拾する方法を考えておかないといけないの。ねっ？」

「初夜ですからそれなりに身なりを整えませんと」

しかし、わたしの訴えなどどこ吹く風で、ジェーンは手を休めず髪を整え続ける。

うっ、やっぱりそういうことなのね？

約束を破った代償に、妻になることを求められたってことは……つまり、あれ？　もしかして、わたしに拒否権ない⁉　どうしよう！

ちなみにラースは今、お風呂に入っている。

ラースの体、ものすごく熱かったし、濡れたままだったら本当に風邪を引いてしまうところだった。

「初夜ね……それはちょっと尚早なのではないかしら？」

「子孫を残そうとする行為は殿方に限らず本能的なものです。お嬢様もいずれは情欲に溺れる快感に目覚められるかと」

「ジェーン、あなた淡白にもほどがあるわよ！」

恥じらいもせずに、なんて破廉恥（はれんち）なこと言うのよあなたっ！

でも、確かにさっき、キスだけだったのに結構な時間されていたわよね？　危うく食べられるかと思うくらいの迫力で、超野性的だったもの……

思わずぶるっと体を震わせ、両腕で身を掻き抱く。

「ラース様が浴室から戻られましたら、当然そうなさりたいと思われますが」

まだ言うか。

さて、当然聞かなかったことにしてって……ん？　なにこの匂い？

「これいい香りね。なにを調合しているの？」

いつの間にかジェーンは、わたしの体に香油を塗っていた。

薔薇（ばら）のような甘い香りが立ち込め、香油が塗られた腕をくんくんと嗅いでみる。

「こちらの香油には、気分を高める効果のある薬草を調合しております」

「気分を高める……？」

つまりどういうこと？　と、小首を傾げてジェーンを見つめた。彼女はちらりとこちらに一瞥（いちべつ）をくれて、にべもなく言い放つ。

「媚薬でございます」

「へっ⁉」

腐女子よ、メイドに媚薬を塗りたくられるとは何事だ。流石（さすが）、メイド長……強敵ね！

——って、脳内一人劇場をしている場合じゃない～！

なにを本人の与（あずか）り知らぬところで、着々と準備を進めてくれちゃってるんですか、ジェーンさん！

そう動揺する間にも、ジェーンは香油を塗りたくっていく。

「ご安心くださいませ。貴族では破瓜の痛みを緩和するため、媚薬を使うのは通例となっております。しかし、お嬢様は昔からお薬が効きにくい体質のようですので、少し強めに調合してありますが……やはりいつも通りのご様子。あまり効いてらっしゃらないようですね」

えー、ホント？　まあ、あまり効いてないならいいけど――ってよくないわよね。

だってこれからラースに、大人なアレコレをご教授されるってことでしょう？　うーむ、逃げねば。

「ねえ、ジェーン。今から余所行きのお洋服を用意してもらえるかしら？」

何気なさを装って、もう一度逃亡を図る作戦だ。

しかし、わたしの思い付きの計画など、ジェーンにはお見通しのようで、

「お嬢様をこの部屋から出してはならないと、ラース様からキツく言付かっております」

きっぱりと断られてしまった。

「つまりジェーンは、わたしが屋敷を出るの見逃してはくれないってこと？」

「はい」

ガーン。やっぱりこの家にわたしの味方はいないのね。分かっちゃいたけどちょっと寂しい。

本当、この家は堅物達の巣窟だわ。

使用人達は揃いも揃って融通の利かない者ばかり。なんだかんだラースだって、根は真面目で頑固だし？

一応、小さいときからその傾向はそれとなく感じ取っていたわ。子供って結構そういうの敏感な

のよね。

「あ、ジェーン。もう一つお願いがあるんだけど」

「なんでしょう」

「貝料理持ってきてくれる？」

「貝ですか？　タコではなく？」

いつもと違う注文を意外に思ったのか、ジェーンが目を瞬(しばた)かせる。

この際、貝料理をたらふく食べて、再び体調不良に陥ってやろうという算段だ。そうすれば初夜どころではなくなる。

だが、おそらくタコは食べさせてもらえない。さっきハライタを起こしたばかりだし、はっきり言って当分見たくないし。でも、貝料理なら——

期待を込めてジェーンを見るも、

「なりません」

え、なぜに即答？

「じゃあせめて貝の出汁だけでもっ！」

「なりません。また腹痛を起こすのでタコはやるなとのラース様のご指示ですが、貝料理も貝の出汁も同様にございます」

「…………」

——チッ、手回しのいい。

まったく、どこまで行動を制限すれば気が済むのよっ！　ラースのバカー！

「――それではお嬢様、これでお支度はできました。くれぐれもおかしな行動は取らないようにお願いいたします。慎み深く。令嬢としての心得を忘れず。とはいえ、殿方は、多少乱れた方が燃えるそうなのでそこは臨機応変になさってくださいませ」

ジェーンは香油の瓶を片付けながら、とんでもないことを宣う。

わたしは目を白黒させながら、彼女の腕に縋りついた。

「えっ、えっ、ちょっとジェーン？　いきなりなに言い出すのよ？」

臨機応変に乱れろってどういうことよー⁉

軽くパニックを起こしておろおろしていたら、ふわっと扉の方からいい香りが漂ってきた。

「また懲りずになにか食べようとしてたのか？　姉さん」

肩をビクッと跳ねさせて、声のした方を振り返る。

「ラース……？」

扉の前に、お風呂上がりのラースが真っ白なバスローブ姿で立っていた。

ひえぇっ⁉　もう出てきちゃったのっ⁉

遠慮しないで指の皮がしわしわになるまで入っててもよかったのに！

「ほ、ほらっタコじゃないし、貝だし。そもそもわたしにとってタコは別腹だから。同じ海産物だし貝も似たような物……」

「別腹って、デザートなら聞いたことあるけどな」

「…………」

わたわたと言い訳をするも、ラースに遮るようにばっさり切り捨てられた。

やっぱり、ちょっと夜食になんて通じるわけないわよね……

しかし、そうして一人ショボくれている間に更なる試練が訪れた。ジェーンが「失礼します」と一礼して、さっさと部屋を出ていってしまったのだ。

キャーっ！　待って待ってっ！　置いてかないでーーっ！

愕然としてジェーンの後ろ姿を見送るわたしに、扉の前で腕を組んだまま、ラースが鋭い視線を向ける。彼の瞳が肉食獣のようにギラギラと光って見えて、わたしは思わずじりっと後退した。

「それで、覚悟はできたのか？」

ひ、ひえぇぇぇぇぇぇぇぇぇぇっ!!

お父様、お母様。

震えるちんまい小動物を食べようと、ついに狼（ラース）がやってきてしまいました。

「約束を守らなかったらなんでもするし、受け入れるんだろう？　姉さん」

うーん……言ったね！　確かに言いましたけどもっ。

わたしは「タコ茹で禁止」とか「本を全部燃やす」とか「タコ口（くち）になっちゃう」とか……もっとこう、違う罰や要求を想定していたのよ。

なのにわたしを「妻」にするって！

もうっ、ラースの出した要求、難易度高すぎるのよ——っ！

ラースはいったいどういうつもりなのかしら？　あなた、他に好きな人がいるでしょうがっ。

「でもラース、家督を継いで初日でしょ？　明け方には沢山お客様も来るだろうし、片付けなきゃいけない手続きとか書類とか山のようにあると思うのよ。体力は残しておかなくっちゃね。エッチで消耗している場合じゃないと思うのよ。うんうん。ということでラースは暫くエッチ禁止っ！」

毅然と言い渡す——と、ラースが不機嫌に眉を顰めた。

どうやらエッチ禁止は本気で嫌らしい。

「……そういう余計な気遣いは必要ない」

ラースが扉から体を離してゆっくりと近付いてくる。そして、鏡台の前の椅子に座っているわたしの前に立った。

さっきふわりと漂ってきた、石鹸だかなんだかのいい匂いがする。褐色の肌に白いバスローブがよく映えていて、そこから覗く胸板に心臓が張り裂けそうなほど高ぶっていく。

ラースは本当に綺麗な青年だ。

「ベッドには自分から入る？　それとも……お望みならこのまま抱き上げて運ぶけど」

「っ！」

思わず肩を揺らすと、ラースは喉の奥で笑った。

「きゃぁっ!?」

「どっちも選べないか……ごめん、少し意地悪した」

ラースはわたしを軽々と抱き上げて、少しも躊躇（ちゅうちょ）することなくベッドに下ろしてしまった。

「姉さんが甘えるの下手なのは知ってる」

「……ラース？」

次の瞬間、当たり前のように押し倒されていた。

ゆっくりとわたしの上にラースが重なってきて、顔を覗き込まれる。お風呂上がりで髪を後ろに結んでいないラースの金髪が、サラサラとわたしの頬（ほお）を掠（かす）めた。

わたしの両脇を囲うように、ラースは両肘をベッドにつく。その狭い腕の中でゴロッと体を横向きにして、わたしはどうにかこの緊張する体勢を堪えた。

「あ、あの……」

「なに？」

「……やっぱり言うわね。遺言は無視してラースは本当に好きな人と結婚してちょうだい。あとね、その人のこと……わたしにも紹介してほしいの。お姉さんとしてちゃんと祝福してあげたいから。それにわたしは一人でも平気よ。今までずっと一人だったし、これからも一人だってどうってことない。同情で不出来な姉を引き取るようなことして、将来を棒に振ってほしくないの」

「一人？」

げっ、まずった。

エリオスとかいうヤツと幸せになるんじゃなかった？　と、ラースが疑わしげに目を細めている。

「あっ、あのね、誤解なの！　実はその……エリオス様は確かにわたしの好きな人だけど、でも恋をしても叶うことはない人だからっ。だから、その……」

「叶うことはないって……まさか不倫でもしてるのか？　それで隠居先で一緒に暮らすとか言ってるのかよ？　定期的に通わせるつもりなのか？」

とんでもないラースの勘違いに、危うくズッコケそうになった。ここベッドの上だけど。

それにしても、腐女子を疑われる前に不倫を疑われるとは。

でも、これって使えるかも。不倫しているような姉と結婚なんてあり得ないと、流石にラースも冷静になるんじゃないかしら。

わたしは不倫なんて冗談じゃないと全力で否定し――ないで、全力でうんうんと頷いた。

「嘘だろ……？」

まさかの不倫肯定にラースは自分で聞いておきながら、綺麗な黄金の瞳を見開いて愕然としている。相当ショックを受けているようだ。そりゃそうよね。

ラースは拳を強く握り、なにかに耐えるようにきつく目を瞑った。そして、ゆっくり目蓋を開け、怒気を孕んだ目で真っすぐにこちらを射抜く。

「――そうか。でも好きな相手が他にいたとしても、姉さんは絶対に誰にも渡さない」

「ラース？　え、あっ。な、に……？　――あっ！」

彼の怒りに気圧されていると、ラースがネグリジェに手をかけた。

「だ、だめっ」

必死にラースの手を押し返すも、あっさり片手で掴まれてシーツの上に縫い付けられる。

「約束を守らなかったら、なんでもするって言ったはずだ」

「たっ、確かに言ったけど。わたし、今はタコの食べ過ぎでお腹出てるからダメ！」

あれ？　なんだかエッチしてもいいみたいな、変な返し方をしちゃったような気がするけど……

「別にいいさ、そのくらい。運動になって丁度いいじゃないか」

「ぜ、全然丁度よくないわよ――ッ！」

わたしが怒鳴ると、ラースは怒気が削がれたのかクスクスと笑い始めた。絶句するわたしを、可笑しそうに見下ろしている。

「……信じられない。ラースのエッチ、スケベ、変態！　近寄らないで女ったらし」

「酷い言われようだな。まあ半分くらいは事実か」

「嘘！　全部本当じゃないのよー！」

わたしは足をバタつかせて喚いた。

こんな状況で笑えるとは、そもそもわたしなんて女とも思われていないのでは？

からかい甲斐のある玩具くらいに捉えられているに違いない。

キッとラースを睨みつけると、ふと彼が不思議そうに首を傾げた。

「ん？　この匂いなに」

ラースはそう言うなりわたしの首筋に鼻先を近づけて、ハッとなにかに気付いたような顔をした。

「これは……この香油は誰が？」

「ああこれね。さっき、ジェーンが」

「……なるほどな」

言いながら、ラースがまたすんっと匂いを嗅ぐ。

あなたはでっかいワンちゃんですかっ。

そんな堂々と匂いを嗅がれるのって、とっても恥ずかしいんですけど……

「初夜用に調合された媚薬か。いい匂いだな。……どうやらローシェンヌの花が配合されてるみたいだ」

ローシェンヌとはラースの故郷、ローツェルルツに咲く花だ。小さなオレンジ色の花弁が目に鮮やかな、可愛らしい花である。

媚薬効果があるなんて初耳だから、ラース好みに仕立てるため、香料代わりに調合されただけなのかもしれない。

まあなんにしても、ラース専用の特製媚薬を用意できるなんて……流石メイド長、有能だわ……

思わずゴクリと唾を呑み込んでいると、ラースがこちらをじっと見つめてくる。

「そのわりにはあんまり効いてないな。まあいつもより少しボーっとしているみたいだけど……でも普通ならもっと感覚が敏感になるはず。姉さんは昔からあまり薬は効かないから、もしかして媚薬もそうなのか？」

うーん、わたしもよく分からないわ。と、ラースと一緒になって首を傾げていたら、

「……あのさ、姉さんはもう少し危機感を持った方がいいと思う」

「危機感？」

呆れた表情を浮かべるラースを前に、目を瞬かせて尋ねた。

「メイドに媚薬を塗られて平気な顔してるからだよ」

初夜に媚薬を使うのは通例ってジェーンも言ってたし、それが普通なら仕方ないかなと思ってたんだけど、反応が物足りないってこと？

もうちょぃ乙女なリアクションをすべきだったのかしら？

そもそも、乙女なリアクションとはいったい……

「……姉さんは自分が可愛いことを少しは自覚した方がいい」

「えーっと、それはないから大丈夫よ。わたしモテないし」

「姉さんは可愛いよ」

「嘘つかないで。わたし、自分が十人並みなの知ってるもの」

なに言ってるんだか。相手にしないでプイッと横を向く。

「……何度でも言うけど、姉さんはすごく可愛いよ。ずっと俺のモノにしたいと思ってたし、今も抱きたいって思ってる」

え、今、なんかスゴいこと言われた気がする……？

ポカンとしてるわたしに苦笑して、ラースが困ったような表情を浮かべた。

「そっか……どうしても分からないようなら身をもって全部教えてあげるよ。多分明日、足腰立たなくなると思うけど」

——先に謝っておくよ、ごめん。

そう低く囁（ささや）いた後、ラースはネグリジェの裾（すそ）から手を中に滑らせた。

堅い指が胸の先を掠（かす）め、ビクッと体が跳ねる。

「やっ……！」

逃げようと身を捩（よじ）ると、片手でベッドに押さえ込まれた。

ラースは小さく笑いネグリジェをたくし上げ、胸の頂きを口に含んで、きつく吸い上げる。瞬間、背中を言いようのない感覚が走り抜け、自然と声が漏れ出た。

羞恥と恐怖が湧き上がり、視界が涙に濡れていく。

「あっ、あ。ラース、だめ」

思わずラースの腕に縋（すが）りつくと、彼は胸から顔を上げ、噛みつくように唇を奪った。

「……っん、ぁ。ふ、っあ」

ラースの体が酷く熱い。

唇の端から零れ落ちていく唾液をそのままに、貪るようなキスが続く。

息も絶え絶えになりながら、必死に彼の口づけから逃れようとする。しかし、口腔内を蹂躙（じゅうりん）するラースの舌は、執拗（しつよう）にわたしの舌を絡（から）め取り、逃げる隙すら与えてくれない。

漏れる吐息が、自分じゃないと思えるくらい甘やかで、カッと頬（ほお）が熱くなっていく。

それでもどうにかして、ラースの腕の中から出ようともがき続ける。すると、ラースは半ばまで脱がしていたわたしのネグリジェを、今度こそ全て剥ぎ取ってしまった。

「ふぁ……っ！」

寝間着が床に散乱していく。完全に逃げ場のない状態に追い込まれたわたしが、本格的に泣き出しそうになるのを察したのか、ラースはやっと唇を離してくれた。

頼りない下着以外なにも身に着けていない、裸同然の姿でラースの前に曝されている。

羞恥と困惑で頭の中がぐちゃぐちゃになり、眦に涙が溜まっていく。そんなわたしの頬を優しく撫でて、ラースが目元にキスをし、涙を口に含んだ。彼の唇の優しさに、少しだけ恐怖心が和らぐ。

「……ユイリー」

互いの吐息が掛かるくらい間近にあるラースの綺麗な瞳が、熱を帯びているのに気付いて、わたしは思わず目を逸らした。

「お願い。も、離して……」

自分の上にいるラースから逃れようと必死に体を動かして、なんとかうつ伏せになると、縋るようにシーツを握り締める。ラースが視界に入らないよう顔をシーツに擦り付け、顔を隠した。それが自分の今できる精一杯の抵抗だ。

「……それで逃がしてもらえるとか、本気で思ってる?」

耳元で低くラースが囁き、外耳を舌で嬲る。体の外側を上から下へラースの長く美しい指が辿り、ゾクリと肌がわななないた。

「あっ、いや、ぁ」

ラースの手は太ももの内側へたどり着き、やわやわと撫で擦る。内ももがわなわなと震え、もどかしさに頭がおかしくなりそうだ。

空いた方の手は胸に回り、赤く色付く先端を執拗に捏ね、引っ張った。そのたびに体が仰け反り、下腹部に熱が溜まっていく。

「ラース、許して、ぁっ、あ」

涙ながらの懇願も、無意味だった。

ラースはわたしの背に覆い被さって「だめだよ、まだ終われない」と嘲るように笑う。太ももをやわやわと揉んでいた手は、次第に恥丘へと近付いていく。そして、下着の上から陰唇を指先でつっとなぞった。

途端、甘い愉悦に腰が小刻みに震え、身もだえる。

「ぁっ！　あっ、あ……」

自分でも滅多に触れることのないところを、ラースの指が攻め立てている。あまりの恥ずかしさに、わたしはいやいやと何度も首を横に振った。それでもラースの手は止まることなく、やがてある一箇所を掠めたとき、わたしの体に快感が走り抜けた。

「あっ、んん」

「……ここ、気持ちいい？」

ラースは楽しげに尋ねると、先ほど鋭い快感を覚えた蕾を、下着の上からゆっくり擦り上げる。

目の前が真っ白になりそうなほどの快楽が全身を襲い、自然と涙が零れ落ちた。

次第に秘所から蜜が溢れ、水音が部屋に響き渡る。その淫猥な音に、さらに体温が上がっていく。

「あっぁ、っ、ひっ……」

ラースの指がグチュグチュと秘所を攻めるのに合わせて、さらに愛液が溢れ出てくる。

「……姉さんのここ、すごい濡れてきた。聞こえる？　この音」

ラースはそう囁くと、わたしに聞かせるように水音を響かせた。

あまりの恥ずかしさにぶるぶると全身が震える。手近にあった枕をギュッと掴んで、ラースに見られないよう自分の顔に押し当てた。

「姉さん？　ちゃんと顔見せて。姉さんが感じてるところが見たい」

「やっ……やだっ！　こっち見ないでっ。——あっ……ふぁっ、あっ！」

わたしが必死に首を振ると、ラースは指の動きを速め、蕾をぐっと押しつぶした。瞬間、先ほどとは比べ物にならないほどの強烈な快感を覚え、びくびくと体が跳ねる。

「上手にイけたみたいだな」

ラースは目を細めて笑うと、わたしの腰を持ち上げた。下着をずらし、秘所がラースから丸見えの格好になる。

わたしが枕に顔をギュッと押し付けて恥ずかしさに耐えていると、ラースは花弁を押し開き膣内に指を一本差し入れた。

もちろんそんな場所に指など入れたことのないわたしは、恐怖で身を強張らせる。

「……っひ！　だ、だめっ」

「大丈夫、優しくするから」

ラースは宥めるようにわたしの体を撫で、ゆっくり中を差し入れする。

最初こそ違和感でいっぱいだったが、丹念に中をほぐされ、次第にふわふわとした心地よさを覚え始めた。中と一緒に敏感な蕾をいじられると、もう声を抑えることは難しかった。

「あ、あ、ん、あっ」

更なる刺激を求めようと、自然と腰が揺れる。快楽を与えられ羞恥にまみれるわたしを見て、ラースが喜んでいるように感じるのは気のせいだろうか？

「……姉さん、すごく可愛い」

後頭部にチュッとキスをされる。

空いた方の腕で後ろからギュッと抱き締められて、それから――

「……ぁ、んっ……やっ。ソコ、さわらないでぇ！　ひっ！　あっ、いやあっ！」

いつの間にか指は三本までに増え、根元までずっぷりと挿入された。

それぞれの指が膣内でバラバラに蠢き、特に感じる場所を容赦なく攻め立てる。次の瞬間、強い快感が体中を走り、わたしは再び絶頂に達した。

「ひあぁぁっ！」

体が痙攣して背が反り上がり、シーツを掴む手に力が入る。全身が発火すると思うほど熱くなり、どっと汗が噴き出した。

ラースの指はまだ中にいて、イッた後もゆっくりと優しく、愛撫を続ける。彼の動きに合わせて、口から小さく喘ぎ声が零れてしまう。次第に興奮が緩やかに収まっていき、脱力した。

ぼうっとした頭で縋るようにラースを見ると、彼は愛おしげに微笑んで、チュッとおでこに優しくキスをくれた。

それからやっと指を抜かれると、短時間で簡単に二度も達せられてしまったことを徐々に自覚していった。それにまだ体が疼いていて、ラースを欲している。

あまりの恥ずかしさに顔が真っ赤になった。

体がその先を欲しがっているけれど、これ以上ラースの前で痴態を曝し続けることなど耐えられない。

近寄らないでと、泣きそうな顔で首を横にふるふる振る。だが、もちろんラースは聞き入れてくれなかった。

「お願い、ラース。離してっ」

それどころか身に着けていた下着もスルッと取られて、生まれたままの姿にされてしまう。

逃げ出そうとしたわたしを、ラースが難なく捕らえてグイッとその逞しい胸元に引き戻した。

必死にシーツを掴んで抵抗してみせても、結局ずりずりとラースの腕の中に引き戻されて、後ろからギュッと強く抱き締められる。

背中越しに伝わるラースの体温と吐息の熱さに、彼の男としての本能をまざまざと感じ、怯えてしまう。

今すぐにでもこの場を離れたい。

でもイカされたばかりの体は、どうにも力が入らない。

「姉さんは今自分がどんな状態なのか、分かって言ってる？」

「え？」

ラースが言うなりくるりと仰向けにされて、わたしは「きゃっ」と短い悲鳴をあげた。

真正面から互いの目が合い、彼の情欲に燃える瞳に絡（から）め取られる。頬（ほお）を染める間もなく、彼は再び花弁に指を差し入れて指先で軽く中を擦（こす）った。ビクンと体が反応した途端に、瞬く間に熱く潤み始めたそこからトロトロと蜜が流れ出てくる。

「あ、あ、いやぁっ。触らないで……っ！」

恥ずかしくて、拒絶するように手を前に突き出しても、ラースはそれに構わず顔を寄せてくる。

「このまま我慢できるの？　こんなに濡れてるのに？」

「…………」

即答できないことが悔しい。赤い顔のまま横を向いて唇を尖らせていたら、頭上からため息が聞こえてきた。

「仕方ないな……」

「えっ？　ぁっ！　――んっ」

ラースはわたしの顎（あご）に指を添え、やや強引に前を向かせ、口を塞いだ。キツく唇を吸われて、ようやく離してくれたときには、そこはジンジンと熱を帯びていて、頑（かたく）なだった思考が少し緩くなる。

彼は胸元に舌を這わせながらその先端を口に含んだ。強い快感に体が何度もビクついて、思わずラースの頭を掻き抱く。

ラースはすっと目を細めながら、こちらを見上げた。

「怖いから抵抗してる？　それとも……他に好きな相手がいるから、俺とは最後までしたくない？」

「っ！」

あまりにストレートな問いかけに咄嗟に言葉が出ない。体を硬直させたわたしを見て、それを肯定と取ったらしいラースがくつくつと小馬鹿にしたように喉で笑った。

「そんなに俺には抱かれたくないってわけだ」

ラースが昏い目をして、低く囁く。その目が嫉妬と怒りに燃えているように思えて、背筋がすっと冷たくなった。

「あ、あの……」

「悪いけど、姉さんが他の男を咥え込むのを黙って許すつもりはない」

ひっ。なっ、なんなのよっ、その悪役みたいな台詞はーっ！

及び腰になるわたしを、自嘲気味に笑いながら見下ろすラース。その顔が段々と激しい怒りに染まっていくのを感じてわたしは焦った。

優秀な義弟をここまで怒らせたのはきっと……不倫の件が原因、よね？

義理とはいえ姉が不倫してるなんて聞かせられたら……ショックだろうし、怒るに決まってる。それも自分の見知らぬ相手（しかも不倫）にわたしが操を立てて、正当な婚約者であるラースを拒絶してるって思われてるのかしら……？

うっわっ。改めて考えると、わたしって最低ね。我が身可愛さに酷い嘘をつくなんて……本当ごめんなさい。反省します。

「急に黙ってどうしたんだ？」

彼の瞳が興奮に赤く潤んでいる。息づかいも荒い。

ラースの表情が完全に捕食者のそれに染まりきる前になんとかしないと！

「少し、話したいことがあるの……」

「話したいこと？」

あれっ？　切り出したはいいけど、どうやって説明すればいいのかしら？

わたし、ラースをオカズに妄想するＢＬ好きの腐女子なの。だからエッチは妄想するのが専門で、実践は専門じゃありません、とか？

……うーん。不倫の嘘に行き着く前に、なにかを失ってしまいそうな気がするわ。なにかは分からない。大切ななにかを……

「姉さん？」

「ごめんなさい。ちょっと待って。今考えをまとめるから」

「…………」

事の最中に制止の手を上げたのが悪かったのかもしれない。

ラースは暫くして返事も待たずに、わたしの両足の膝裏を掴(つか)んで左右に大きく広げ、そのしなやかな体を太ももの内側に滑り込ませてきた。

「きゃあっ！　ま、待って待ってっ！　おねがい、ラースやめて……！　ダメ！　ストップ！」

「それは無理」

今度は無理って言われたーっ！

しかし無理と言いつつも、なぜだかラースはそれ以上動かない。上から覆い被さってこちらを見下ろし、物欲しげな目を向けているが、なんとかギリギリのところで己を必死に抑えているようだ。

……これって、一応わたしの言うこと聞いてるってこと？　でもこの状況は……

ラースは今、「待て」と言われて、餌を食べずに待機しているワンちゃんってことよね？

——あ、そうだ。

一つ名案が浮かんだ。

「あのね。その……お願い。話を聞いてほしいの」

「なに？　また逃げ出す算段でも立ててるの？」

「違うわ」

「じゃあ気を逸らして少しでも時間稼ぎしたいとか？」

「ううん、それも違うわ」

「だったらなに？」

「……ラースとエッチしてもいいけど、ちゃんと誓ってほしいことがあるの」

「結婚の誓いなら喜んでするけど」

おずおずと切り出すと、ラースはしれっとした顔で、間髪を容れずに即答した。

「そ、そうじゃなくてっ」

ええいっ！　小気味良いくらい返しが早いわね！　このままじゃ埒が明かないわ！

……仕方ない。こうなったらっ！

わたしはラースの顔を両手で包み込むと、その褐色の形のいい唇にチュッと軽く口づけた。

「っ⁉」

不意打ちを食らったせいか、ラースは驚いて目を瞠り、食い入るようにわたしを見ている。

よかった、狙い通り！　でもってラースが驚いてる隙に、こちらが言いたいことを一気にぶちまける。

「こういうことはわたし以外の人とは絶対にしないって誓って。……それができるならわたし、本当に……ラースになにされてもいい」

「っ⁉」

ふふふっ、お小言エロ魔人のラースのことだもの。キスは挨拶的な感覚をそう簡単に直せるわけがない。

それもラースには他に好きな人がいる。つまり、わたしの要求を受け入れられるはずがない。

というわけで、とりあえずこれでなんとか少し時間稼ぎができ……

「分かった」

「ん？」

「俺は今後、姉さん以外の誰ともキスしない」

「へっ？」

今、誓われちゃった？　あっさりと。

「そんなことでいいのなら。何度でも誓ってやる」

これでいいだろう？　とラースが満足そうに微笑んだ。白いバスローブを脱ぎながら迫るラースの熱く雄々しい体が覆い被さってきて、檻のようにわたしを囲った。

う、嘘……

下着も含め全て脱ぎ終えると、ラースはその長く優美な指先でわたしの指を絡め取り、交互に組み合わせてガッチリと繋いでしまった。そうなると、わたしはもうどこにも逃げ出すことができなくなる。

「あっ、あの！　ちょっと待って！」

「誓いはした。だからもう待たない」

まだ十分に潤い熟したそこに、ラースが自身の熱い先端を押し当ててきた。

「あっ……！」

大きく硬いそれに恐怖を感じて、体が反射的に縮こまり目を閉じる。すると、目蓋にそっとキスされた。

おそるおそる目を開くと、ラースの熱を帯びた金の瞳が、優しくわたしを見つめていた。

深く愛されてると錯覚するくらい、わたしを欲しがっているように見えてしまって困る。きゅっと胸が締め付けられ、逃げるようにラースから目を逸らした。

「姉さん？　こっちを向いて」

「…………」

ふるふると首を横に振って、必死にラースの顔を見ないようにする。何度も名前を呼ばれても答えないでいたら、諦めたようにラースが小さく息をつく気配がした。

「――ユイリー……愛してる」

「……え？」

突然、予期せぬ言葉が降ってきて、ハッとラースに目を向けた瞬間。

「――ひっ⁉」

ズンッと陰唇を開いて挿入された屹立が、愛液を絡めながら隘路を押し入ってきた。あまりの衝撃に腰が弓なりに反り上がり、体が強張って息ができない。

「あっ！　痛い、いやぁっ！」

「……ごめんユイリー。ちょっと我慢して」

引き攣れるような痛みに自然と涙が盛り上がり、繋がれている手をギュッと握り締める。ラースはそれに優しく握り返し応えてくれる。

次いで頬や目蓋、唇と至るところにキスを落とし、流れ落ちる涙を舐め上げる。あやされているような感覚に、恐怖と痛みから強張っていた体から少しずつ力が抜けていく。

自分の上にいるラースの様子を確かめたくて、チラッと盗み見るつもりが、バッチリ目が合ってしまった。彼は柔らかく微笑んで額同士をくっつけてくる。

軽く互いの額を擦り合わせて間近で見つめ合う。ラースの目は労るようにわたしを映していて、心が昂っていく。

無理やり体を開かれて、強引に繋げられているのに。それでも、ラースに対する愛しさは増すばかりで……

ああ、大丈夫。やっぱりラースはわたしに優しいもの。ラースが好き。愛してる。

愛おしさが胸に込み上げ、涙が一粒、頬を零れ落ちた。しかし、次の瞬間、ラースがとんでもな
い爆弾を落とした。

「狭いな……ってことは抱かれるのは俺が初めて？」

「っ！　ら、ラースのバカッ‼　なんてこと言うのよぉっ⁉」

カッと頬を赤くさせながら勢いよく反応すると、ラースがからかうようにクスリと笑った。

「俺にこんな酷いことされてるのに……ユイリーは変わらないんだな……」

いつもの調子で怒ったら、ラースは安心した顔をした。

「あの、名前……」

今まで「姉さん」と呼んでいたのに。名前で呼ばれるその意味を理解できないほど、わたしは子
供じゃない。でも、どうしても確かめたかった。

「もう……姉さんじゃないから」

一人の女性として扱われている。少し照れたように返答しながらも、ラースは余裕ありげに微笑
んでみせた。見ているこちらが蕩けそうになるくらい、甘く綺麗な笑みを浮かべてラースがしっと

り唇を重ね合わせてくる。

ゆっくりと舌を絡ませながら、慈しむように何度も唇を重ねて、息継ぎの合間に互いを見つめ合う。そうして少しの間、愛おしい時間を過ごしていると、ラース自身はわたしの体にすっかり馴染んでいた。

ラースはそれを認めると、徐々に腰を動かし始める。

「あっ。やだっ、まだ動かな、あぁっ……！」

ラースが腰を動かすたびに花弁を極限まで開かされて、奥へ奥へと繋がりが深くなっていく。痛がって泣くと、優しく目元に唇を当てられ涙を吸われた。

くすぐったい愛撫と、ヒリつくような痛みの狭間で意識が朦朧としてくる。

自分がどうにかなってしまいそうで怖くて心細くて、強く繋がれたままの手を握り返してほしくて、指に力を入れる。ラースはすかさず含意を読み取り、握り返してくれた。

「ユイリー……すごく可愛い」

「……ラース……？　も、ムリ、だよ。これいじょ、入らな……ぃの……」

破瓜の痛みに耐えかねて、ボロボロ泣きながら懇願する。最奥まで辿り着いたラースの太く熱い肉棒が、膣内に隙間なくみっちり入り込んでいることを意識しながら、必死に名前を呼んだ。

ラースは律動を止めて、すりっと頬を擦り寄せる。そして啄むようなキスをすると、目を細めて甘く微笑む。

「うん。怖い思いさせて、ごめん。でも……やっと、手に入れた。愛してるんだ、もう、ずっと」

心底嬉しいと思っているのが分かる。

絞り出すように発せられた声は少し震えていて、彼がわたしを求めてくれていたことを実感させた。心臓がどきどきと高鳴り、喉の奥が苦しくなる。

「……わたしの、こと。愛してるって、言った……？」

繋がれている部分を敏感に感じながら、信じられないとばかりに尋ねる。するとラースは優しい顔をして、こめかみに口づけを落とした。

「好きだよ。愛してる。何度だって言うよ」

「じゃ、あ。他に好きな人が、いるっていう、噂は？　わたし、聞いたもの……」

「それは変に誤解が広まっただけで……俺が愛してるのはユイリーだよ。他に好きな女なんていない」

「……嘘、だ」

これまでラースが数多の女性達と深い関係を結んでいることを知っている。それに、今日までラースの自分に対する態度を思い出してみても、とてもわたしを愛しているなんて信用できない。

緩々と首を振ると、ラースは苦しげに顔を歪めた。

「嘘じゃない。ごめん、少し意地になってたんだ。ユイリーには嫌われてると思って諦めてたところに好きって言われて、嬉しかったけど、ユイリーには他に本命がいるって聞いてたから。それも不倫してるとか聞かされて……流石に嫉妬でおかしくなるかと思った」

「…………」

「本当はずっとユイリーの傍にいたかったけど、それはできなかったし……」

「なんの話を、してる、の？」

傍にいたいけど、それができないってどういうこと？

戸惑いがちに尋ねると、ラースはなにかを言いかけて、しかし、ゆっくりと首を横に振った。

「ラース……？」

「ごめん、なんでもない」

少し心配になって顔を寄せると、ラースは心配するなとでも言うように小さく笑って、また額をコツンとつけた。

さっきからずっと、ラースはわたしを蜂蜜みたいにトロトロに甘やかして優しく応えてくれる。それが当たり前だとでも言うように、大事にされているのが不思議で、ラースの綺麗な金の瞳をじっと見つめる。そのたび、ただただ愛しげな眼差しを返されて、戸惑いを覚えてしまう。

「ユイリー……？」

優しく名前を呼ばれてそっと顎を取られる。咄嗟に目を瞑ると、ラースが軽く唇を合わせてきた。啄むようなキスが心地よくてくすぐったい。それからふんわりと抱き締められて、観念して目を開けると、熱い視線を寄越す彼に深く唇を重ねられる。

ラースの厚い舌が口腔内に差し入れられ、丹念に中を愛撫する。味わい尽くすようなラースのキスに甘い愉悦が走り抜けた。数分経ち、唇を離す頃にはくたりとなすがまま、ラースに身を任せてしまう。ラースはそんなわたしを満足げに見下ろし、耳元でゆっくりと甘く囁いた。

「俺が愛してるのはユイリーだけだよ。昔も今も、ずっと好きだったんだ。ユイリー以外の女性を愛したことはただの一度もない」

ラースの強い瞳に圧倒される。

ここまで全力で想いをぶつけられて、これ以上疑うことなんてできない。

……どうしよう。あり得ないわ。

「愛してるんだ。本当に」

「……——あっ！」

わたしの中にいるラースが膣内を緩く突き上げる。

「あのっ！　待って。っ、お願い、ラース。まっ——あぁっ！」

再びラースがゆっくりと動き出した。重ねた肌の心地よさに目眩（めまい）すら覚える。

荒く息を吐くラースの厚い胸板がわたしの胸先と擦（こす）れ、もどかしさに震えてしまう。

「あ、はっ。あぁっ……いやぁ、っ、ラース」

「ごめん……もう抑えられない……」

ズッズッと激しく攻められ、接合部から聞こえてくる激しい水音が耳を掠（かす）めて、恥ずかしくて死にたくなる。ラースの先走りとわたしの愛液、そして破瓜（はか）の血が混じり合い、シーツを濡らしていく。

「ひっ、ふぁっ、いやぁ。やめて……ラースっ。あっ、いやぁっ」

ラースから噴き出た汗がわたしの体に滴（したた）り落ち、その刺激にすら敏感に反応して、喘（あえ）ぎ声をあげてしまう。

ラースが最奥を容赦なく貫いて、痛みと快感に何度も意識が飛びそうになった。

「あ、あ、ラース、……まっ、て……おねがぃ、あ、まって」

泣きながらその逞しい胸元に縋ると、苦しそうに息を乱しているラースが、ゆっくりと顔をこちらに向けた。

「ごめん、余裕なくて」

「……え？」

余裕がないなんて、まさかラースの口から聞くとは思わなかった。思わず目を瞬かせる。

「俺はユイリーしかいらないし、欲しくない。だから……」

「ひぁっ!?」

グッと奥まで押し込まれた屹立が、さらに大きくなるのを感じて体がビクッと反応する。

「ぁっ、いやぁっ。深いっ」

「これからずっとユイリーに全部受け止めてもらう。ユイリーしかいらない……ずっと好きで……愛してるんだ」

中を襲う圧迫感と熱く昂った彼自身の熱に恐怖を感じて、抜いてほしいと懇願する。すると、ラースが動きを止めた。

「ラース……？」

「ユイリーにとって俺が一番じゃないのは分かってる。でも……嘘でもいいから。愛してるって言ってくれ」

ラースは喘ぐように言った。

驚いて彼を見上げると、潤んだその瞳が切なげに揺れている。

いつも居丈高で冷静な彼からは想像もつかない、どこか頼りなく、苦渋に満ちた表情だ。きゅっと引き結ばれた唇は、なにかに耐えるようにわななないている。

「…………」

う、嘘じゃなくて本当は一番愛してるんだけど……

今言ったらラースが一番じゃないってこと、認めることになっちゃうし……わたし、どうしたらいいの⁉ 困ったわ……不倫なんて肯定するんじゃなかった。

身じろいで悩んでいたら、ラースは勘違いをしてしまったらしい。苦しげに眉を寄せた。

「そうか。嘘でも言いたくないなら……悪いけど、ユイリーが愛してると言ってくれるまでコレは抜かない」

「そ、それって……まさか繋ぎっぱなしってこと……？　あっ！」

想像するだけで血の気が引いていく。青くなったわたしの唇をなぞりながら、ラースが激しく腰を突き上げ、律動を開始した。

——それから数時間が経過しても、ラースは甘い蜜が流れるそこに挿入を繰り返しながら、わたしの名前を呼び続けている。

その間、わたしは幾度となく絶頂に達し、ラースも数回果てた。しかし、彼自身は瞬く間に頭をもたげ、何度もわたしを犯し、翻弄（ほんろう）する。

終わらない情事に観念して、わたしはついにその言葉を口にした。

「ぁっ、愛してる、からっ。も、……ぁっ、許して。ひぁっ、あ、あぁっ」

口の端からだらしなく唾液が零れ、体は弛緩（しかん）しきっている。

ラースは少し考えるように動きを休め、わたしの顔を覗き込んだ。

よかった、これで解放してくれる……。そう思っていたのに、ラースは意地悪く目を細めて、その希望を打ち砕いた。

「……ユイリーはセックスって愛してるからする以外にも、子供を作るためにするってちゃんと分かってる？」

「子供っ、て。まさか」

愛してるってすぐに言わなかったからって、目的を子作りに変えました、なんて言わないわよね……？

嫌な予感に冷や汗をかく。ラースは厚い舌でわたしの唇を舐めると、妖しく微笑んだ。

「ユイリーが孕（はら）むくらい、ユイリーの中に全部出すってこと」

「で、でも今、愛してるって言ったわ……」

「そうだけど。時間切れ」

ご要望通り愛してると言ったのに。ラースは喉の奥で笑い、するりとわたしの頬（ほお）を撫（な）で上げた。

まだこの行為が続くのかと思うと、絶望で目の前が真っ暗になりそうだ。わたしはキッとラースを睨みつけ、怒鳴った。

「ら、ラースの嘘つき！」

「ごめん。でも、もうユイリーを手放すつもりはないんだ」

わたしがあまりにも大暴れするので、ラースは一度、彼自身を完全に抜いた。

改めて硬い楔を目の当たりにし、動揺して、どうにか逃げようとベッドの上をうつ伏せに這いずる。しかし、難なく腰を捕らえられ、今度は後ろから容赦なく攻められた。

逞しい胸元を背中越しに感じて、必死にシーツを握り締める。

それでもなんとかラースの下から這い出そうとしたら、体が軋むくらい強く抱き締められて、腰を元の位置に戻されてしまった。

「きゃっ！　ぁっ、あ、やっ……」

躊躇することなく、ラースはわたしの体を落ち着かせるように撫でながら、律動を再開する。

「やっ、やだぁ！　ラース……お願い、もっ……やめてっ」

必死にラースの拘束を解こうと藻掻き、いくら抵抗しても、彼は聞き入れてくれない。

わたしの秘所に埋め込まれた熱い塊が、グチュッと卑猥な音を立てながら出入りを繰り返している。

「あ、あ、ん、ぁっ、ぃやぁっ」

「……すごく可愛い」

ラースはわたしの胸を揉みしだき、背中に舌を這わせながら、獣のように後ろから激しく突き上げた。

あまりの快感に体が震えて意識が混濁してくる。

悲鳴をあげて泣いても、ラースはぎらぎらとした欲情を瞳に宿らせ、動きを止めてくれない。わたしが逃げないように強く体を抱き締め、ヘビのように絡み付いては、何度もわたしの中で射精を繰り返した。

「っ！　ぁっ、ぁ、やっ……まって、まって……」

「まだ痛む？」

勃起しきった蕾を執拗に嬲っていた手を止めて、心配げにラースが頬に触れてきた。

「違う、の……」

「ユイリー？」

「これ以上されたら……おかしく、なっちゃうから。……お願い、もう……」

「駄目だよ。まだ足りない」

「あっ！」

ラースは首筋を軽く噛んで、また局部を突き上げる。

「……ユイリー、愛してる」

ラースから注がれる情欲にまみれた視線。形のいい唇から、わたしを欲しがる言葉が紡がれるたびに、心も体も溶かされていく。

知らず知らずのうちに体がラースを受け入れようとして、少しずつ彼の形に変わっていく。しかし、ラースはそれでも足りないというように、際限なくもっと奥深く入り込もうとする。

そうして中を突き上げるたび、わたしを蹂躙(じゅうりん)するラースの汗に濡れた体が、熱を増していくようだ。ラースの体と中にいる熱塊を全身で感じながら、上気した頬(ほお)と涙で潤んだ瞳で、わたしは必死に彼を受け入れ続けた。

第六章　愛され過ぎて困っています

「あったかい……」

なんだろう。すごく体がポカポカしてて気持ちいい。

外から聞こえてくる小鳥のさえずりに起こされて、カーテンの裾(すそ)から差し込む朝方の眩しい光に目を細めながら、ゆっくり目を開ける。すると、後ろからわたしを抱き締めているラースが、すやすやと静かな寝息を立てていた。

それも、わたしの背中に口づけるようにして眠っている。

「……ラース、寝てるの？」

声をかけてみても、起きる気配はない。

こうしていると子供みたいなのに……やることはしっかり大人なのよね。

わたしの腰に巻き付いている腕の力強い感触は、紛れもなく男の人のもので。

「本当に寝てるの？」

話しかけても、やはり特に反応はない。

よしよし。ちゃんと寝てるみたいね。だったら今のうちに……

もぞもぞと体の方向を変えて、温かくて大きな胸の中に入り込む。

意識があるときには気恥ずかしくてできないから、ラースが寝ている間にこっそり甘えておこうと、無防備に開かれた厚い胸元に頬を摺り寄せて存分に甘えてみた。

そのままラースの胸に頬をつけて、キュッと抱き付いてみる。

すると、ラースはくすぐったかったのか少し身じろいだ。その拍子に、褐色の滑らかな肌の上を、さらさらと綺麗な金色の前髪が零れ落ちていく。

長いまつ毛が頬に影を落としている。

スッと通った鼻筋に艶っぽい肉感的な唇。無駄な贅肉など一切ついていないしなやかな体は、触れると温かくて心地いい。褐色の肌に包まれた強靭な肉体は美しく芸術品のようで。まさにラースは観賞するにはもってこいの素材だった。

「カッコ可愛い……」

眠い目を擦りながら、寝てても相変わらず格好いいラースをボーッと眺めるという、至福の時間に暫し浸っていた。

「……ラース？」

もう一度、名前を呼ぶと、彼はうっすら目を開けた。

黄金色の瞳が目蓋の下から覗いて、あまりにも綺麗なのでドキッとしてしまう。ラースは眠そうにしながらも、わたしの頭をふわふわ撫でて、唇に啄むようなキスをして、それからまた目を閉じてしまった。

ね、寝ぼけてるのかしら……？　ちょっとドキドキする。

そしてなんだかものすごく……甘いんだけど……

わたしに触れることになぜだか既に慣れ過ぎているラースは、行為中も今も蜂蜜みたいに甘くて、ちょっと触れただけでも体が蕩けるくらい気持ちよくしてくれる。

それにしてもなんだったの。あの情熱的なエッチは……本当、抱かれているこっちの方がおかしくなるかと思ったわよ。

知識では知っていたけど実際にされるとなると全然違う。

でも、皆初めてってあんなに激しいものなのかしら？

行為中のラースは優しくて、でも怖くて、情欲に呑まれて何度もわたしを求めてきた。

痛みはいつの間にか快感に変わり、襲いかかる愉悦に鳴きながら、何度もイカせられて……。終わったのがいつだったかは正直あまり覚えていない。最後は気を失ってしまったからだ。

体はまだ重怠く、ラースに酷く愛された部分はジンジンと痛みが残っているけれど、幸せな気持ちの方が大きい。

……なんだか夢みたいだわ。寝ぼけているから、普段よりラースの可愛さが倍増してるし。

ラースが寝ているのをいいことに、唇にキスして、それから閉じた目蓋や鼻先にも沢山キスを落とす。ラースの綺麗な金髪を撫で、柔らかい感触を楽しんだ。そうしてひとしきり愛でた後で、わたしは体にシーツを巻いて、ラースの腕から出ようとしたのだが、

「──体はもう平気なのか？」

そのタイミングでラースが完全に目を覚ましてしまった。

「あ、ごめんなさい。起こしちゃった？」

「おはよう」と挨拶をして、ラースに目を向ける。「まだ寝ててもよかったのに」と続けようとした言葉は、ラースのキスによって発せられることはなかった。

「おはよう……ユイリー、こんな朝早くからどこ行くつもり？」

「でも……」

「今日は無理するのは禁止だ」

ラースはわたしがなにも言わずに離れようとしたのを感じて、目を覚ましてしまったらしい。

「おいで」

もっと傍に寄るように言われて、とりあえず素直にラースに身を委ねると、優しく抱き締められて頭をポンポンと撫でられた。

結果的には無理やり体を開かれてしまったけど、その唇も体も、拒絶しきれずに受け入れてしまったのは、やっぱりラースとそういう関係になりたい気持ちがあったからだ。

嫉妬して切羽詰まったラースに流されたわけじゃないわ。

「先に風呂にしたい？　それともお腹減った？」

「……お風呂、入りたい」

「分かった」

当たり前のように抱き上げられそうになって、思わず拒否する。そこまで激甘にされると、あとの反動が怖い。

「大丈夫よ。自分でちゃんと歩けるも、の……？」

あれっ？　力が入らない……？

立とうとしたのに膝に力が入らない。もう一度ベッドから出ようとして——カクンと膝から崩れ落ちてしまう。やはりどうにも下半身に力が入らない。

「なんで……？　立てなぃ……」

寝違えた？　いや、そんなものではない気がする。

少しの間呆然としていたら、ラースに掻き抱かれて、再び彼の胸の中に戻されてしまった。

「あれだけ激しく抱いたんだから、無理もないか」

「…………っ！」

つまり、わ、わたし……ラースに抱き潰されたってことなの？

ほんの数時間前まで、ラースに深く愛されていたことが脳裏に鮮明に蘇(よみがえ)り、顔が熱くなる。

わたしの体調を気遣い、腰を優しく撫(な)でるラースの仕草(しぐさ)が手慣れすぎていて、彼は今までにも沢山、他の女性達にもそういうことをしてきたのだろうかと、ふと考える。

　自分の中に芽生えた嫉妬心に胸がキュッと痛くなった。

「どうした？　やけに大人しいな……」

　ラースの手が確かめるようにわたしの頬に触れてきて、その手に抱かれたことを余計に意識してしまった。赤くなった頬を隠すように、顔を伏せてラースの胸元にこつんと頭をつける。

　とりあえず今は、ラースの華々しい恋愛遍歴については考えないことにした。

「ユイリー？」

「な、なんでもないの……」

　そうか……なるほど、なるほど。これが腰が砕けるというやつですか。で、わたしは今、ＢＬ本の世界でよく聞くその状態を体験中ってことなのねー。あっ、でも待てよ。

「ラースの嘘つき」

「なにが？」

「愛してるって言えば、あ、……抜いてくれるんじゃなかったの？」

「それは……ユイリーが可愛すぎて、つい加減ができなくなった……ごめん」

　拗ねたように唇を尖らせていたら、ゆっくりとラースが顔を近づけてきた。ご機嫌を取るように頬や額に唇を寄せられる。

　くすぐったくて思わず笑ってしまうと、ラースにチュッと口づけられた。

「ごめん、機嫌直して、ユイリー」

　今朝のラースはすごく優しくて、たとえ一時でも体を離すのを許してくれない。愛され過ぎて困ることがあるだなんて、今まで考えたこともなかった。わたしは独占欲を見せるラースにすっかりほだされてしまう。

「……ラースに触れられるところ、全部気持ちいいって不思議ね」

ラースの胸元をペタペタと触りながら、独り言のつもりで呟いた言葉に、ラースがピクッと反応した。

ハッとして、おそるおそるわたしを抱き締めているラースを見上げると、驚いたように目を見開いてこちらを見つめていた。

「……これはユイリーが可愛すぎることを言うのがいけないと思う」

「ラース……？　――きゃぁっ！」

わたしの体に巻き付いているシーツを剥いで、ラースが覆い被さってきた。露わになった胸の先端を口に含みながら、そのままわたしをベッドに押し倒す。

「あ、あの……？　ぁっ」

ふかふかのベッドに沈みながら戸惑っていたら、ラースが胸先から口を離した。嫌な予感を抱えつつ、おずおずと尋ねる。

「えっと、なにする気……？」

「朝の運動」

「う、運動……？　ってまさかエッチのこと言ってるの？」

「うん」

当たり前だろうとばかりに、ラースはあっさり頷いた。

ど、どうしてっ⁉　なんでラース、いきなり興奮しだしたのーっ⁉

どことなく危うい雰囲気のラースに呑まれて、わたしはゴクリと喉を鳴らした。黄金の瞳が情欲の熱を帯びて輝いている。

「……う、うんじゃないっ！　なに、そんなところばっかり素直に頷いてるのよ！　普通にエッチしたいって言えばいいでしょっ」

「普通に言えばさせてくれるの？」

「えっ」

変な言葉を吐かれるくらいなら、お願いします、普通にストレートに言ってください。動揺するので。というか、あなたはなんでそんなに欲望に忠実なんですか。

「ほ、本当にまたするの？　だってあれだけしたのに……――ふぁっ！」

ラースは、話してる途中でゆっくりとわたしの中に入ってきた。

昨夜、幾度となく彼の精を受けぬかるんだそこは、なんなく熱塊を受け入れる。

「……んっ」

わたしの中はすっかりラースの形になっていた。彼自身が膣内にピタリと収まる。

「あれだけしたからすんなり入るな……少しは慣れた？」

「ラースのバカっ！　今日は無理するの禁止って言ったくせに！」

「無理させてごめん」

「じゃあこれ以上はしないよね……？」

「それは無理。ユイリーが好きすぎて抑えられない」

「っ！　ホントもう信じられない……」

そっぽを向くと、ラースが楽しそうにクスクス笑った。

「そうやって可愛い反応するから、自制が利(き)かなくなって困るんだよ」

「えっ？　ぁっ……！」

ラースは熱に浮かされた声で耳元に囁(ささや)くと、わたしの顎(あご)を掴(つか)み自分の方に向けた。そして、深く唇を重ねながら、わたしの体から剥ぎ取ったシーツを床に放り投げる。

貪るように舌を絡(から)ませて、ギシギシとベッドを揺らしながら、ラースはゆっくりと腰を動かして、再びわたしを愛し始めた。


——ううっ、朝からされてしまった。

時刻は既にお昼過ぎ。そろそろベッドを離れてもいい頃合いではある。

「……ユイリーのここ、やっぱり少し腫れてるな」

「じゃあ今日はもうこれで終わりにしましょう？　ラースは今日が当主初日なんだから、いつまでもこんなことしてちゃいけないわ」

「それは断る」

「…………」

ラースの即答に、呆れて言葉も出ない。

手慣れたラースに複雑な感情を抱きながらも、彼と結ばれた今、もう誰にもラースを触らせたくない。その独占欲の強さに、自分でもちょっとびっくりしてしまう――が。

そろそろ服が着たい。朝からずっとベッドの上に裸で軟禁状態だ。

アルフレッドも屋敷の使用人達も全く姿を現さない。なのに、いつの間にか飲み物やら食べ物が扉付近に置かれていて、それに気付いたラースがベッドまで運んでくる。完全に気配を断って行動している時点で、この部屋でなにが起こっているかを彼らが把握しているのは明らかだった。

それも、当主初日の大切な日の半分を情事に費やして、時刻はとっくにお昼を過ぎているというのに、ラースは焦った様子を見せない。

そんなことよりも、先ほどまで自身を挿入していたその場所を確かめる方が優先されるらしい。わたしを膝上に乗せて、白濁した液体が零れる、濡れそぼったそこに優しく触れる。彼の指に戸惑って身じろいでも、ラースはまるで取り合ってくれない。

「やだっ。あんまり見ないで……」

「もう全部見られたのにまだ恥ずかしい？」

「うっ……」

さらっと言われて口ごもっていると、ラースが瞳を覗き込んできた。その綺麗な顔にからかうような笑みを浮かべている。

「まだ俺に慣れないって言うなら、ユイリーが慣れるまで続けるけど？」

「け、結構です！」

うわーん。ラースが意地悪だー！

恥ずかしさが限界を超えそうで、涙目になりながらラースの胸元を何度も叩くと、苦笑したラースに片手で難なく押さえられてしまった。それからラースは空いている方の手で、ベッドに備え付けられたサイドテーブルから、小瓶を取り出した。

「それなあに？」

不思議に思って尋ねたら、「はい」とラースに渡された。小瓶の蓋を開けると、中には半透明のゼリー状のものが入っている。

……ハッ！　まさかコレが世に言うあの、アソコに塗って挿入時の滑りをよくするとかいう、潤滑ゼリーと、いうことは……

もしかして、まだ続けるの？　とラースの膝上でぷるぷる震えていたら、頭上でため息を吐かれてしまった。

「……ユイリー。ものすごく疑われてるのは目を見れば分かるけどさ、これ傷薬だよ」

「傷薬……」

「俺が変なものユイリーに使うわけないだろ？　とりあえずこれ塗るからそのまま動くなよ」

「ラースが塗るのぉっ!?」

「自分じゃ塗れないだろ？　よく見えないし」

そうですよ。見えませんよ。自分でやったら上手く塗れませんが、でも……！

「だからって、ラースにされるくらいなら自分でやるわよ！」

「無理だろ」

「鏡見て自分で塗るからっ」

「それはまた随分と……卑猥な絵面だな……」

あなた、今、いったいなにを想像したのよ。なにを。

第一、一番卑猥なことやってくる人に言われたくないわ。

それにしても、薬瓶を用意してあるなんて……女遊びを沢山しているだけのことはある。

用意周到というか、自然に気遣いできちゃうところとか、やっぱり女の子の扱い方は半端なく上手いと思う。思うけど……なんだか複雑。

「とにかくラースはこっち見ないで」

「見ないでって言われても……」

困ったようにラースが眉根を寄せた。

「いいから触らないでっ」

ラースの膝上から逃げ出して背を向けると、呆れた様子で彼は深いため息を吐いた。

「……ったく仕方ないな。手早く済ませるのはあまり得意じゃないんだけど……」

得意じゃない？　へぇー。ラースにも苦手なことあったんだ。

で、なにが？　なにが苦手なの？　お姉さんに教えてちょうだい？

完璧なラースの弱味がカエル以外にあるなら是非教えていただきたい。思わず目がキラキラしてしまうわ。ちらりとラースを見上げて、尋ねてみる。

「えっと、その、手早く済ませるってなんのこと言ってるの？」

「入り口までは塗れても奥までは無理だろ？　ユイリーの指、小さいし」

わたしの手を取って自分と比べるように見せたと思ったら、ラースはいきなり彼自身に傷薬を塗り始めた。あまりに突拍子もない行動に、見てはいけないと思いながらも。何事かと思わず目を皿のようにして見つめてしまう。

「なに？　ユイリーが塗りたいの？」

ラースがクスッと妖しく笑うので、違う違うと首を思いっきり横に振る。

涼しい顔をしたラースには余裕すら感じる。一方、余裕の欠片すらない自分がちょっとだけ恥ずかしくなった。

経験値の差ってやつなのかしら？　わたしがレベル一だとするとラースはレベル九十九とか？

ラース、性欲魔人だものねー。でも、なんでラースは自分のナニに傷薬を塗ってるの？　嫌な予感しかしないんですけど。

「……ねえ、まさか直接それ使って塗るつもりじゃないわよね？」

「それの方が手っ取り早いだろ。中も外も一気に塗れるし」

「!?」

「抵抗するのは諦めた方がいいよ。どうせ力では俺に勝てないんだからさ」

ということは、さっき言っていた手早く済ませるのは得意じゃないっていうのは、エッチを早く終わらせるのが得意じゃないってこと⁉　信じられない！

はっ！　ってことは、やっぱりまだまだ続くんだ……

その事実に気が付いて、体を震わせていたら、

「きゃっ。ラース、いや！」

くるりと反転させられて、ベッドの上に四つん這いにされた。

お尻をラースに突き出すような格好にされた瞬間――ズッとラースが入ってきた。わたしの胸を揉みしだきながら、何度も何度も性器を突き立てられる。

「あっ……ひぁ、あっ……」

そうしてラースはナニを使って傷薬を塗るという一連の動作を終えると、わたしの腰にキツく回していた手を解いてそれを抜いた。

「んっ……」

「とりあえずこれで一安心だな」

疲れてパタリとベッドに突っ伏したわたしの手を取り、ラースが恭しく唇を指先に押し当ててきた。

「……ラースのエッチ」

「男ならこのくらい普通だよ」

「全然普通じゃないわよー！」

わたしが怒って頬を膨らませても、ラースは構わずわたしの指、一本一本に優しくキスしていく。

まるで誓いの口づけをする騎士みたいな彼に心を奪われて、わたしはつい言ってはいけないことを口にしてしまっていた。

「エリオス様みたい……」

思わず呟いてから我に返り、不味い！　と口元を押さえた。そういえばわたし、まだラースに好きな人が本の中の登場人物だって話してない……

「体の関係はなくともそういう仲だったのか？」

「………もしかして、怒ってる？」

ラースは眉を寄せて、低く尋ねる。その目にはちりちりと嫉妬の炎が燃えているように見えた。

「抱かれたベッドで他の男の名前を口にするなんて。やってくれるじゃないか」

「ご、ごめんなさぃ……」

咎める視線の鋭さに身が縮こまってしまう。

わたしには他に好きな人がいるってラースは思ってるのよね……

「……まあいいさ。それについては追々ちゃんと誰なのか話してもらう」

とりあえず、わたしを抱いたことで満足したラースは追及を断念してくれたみたいだ。

それでも少しビクついているわたしの頭を、優しく撫でて安心させるように小さく笑うと、彼は静かに話し始めた。

「正直言うとさ、本当は最初、ユイリーのことはあまり好きじゃなかったよ。我が儘だし、性格悪いし、使用人いじめるのは日常茶飯事だし……でも、俺達のこと受け入れてくれたし、弟になった俺を守ろうとしてくれてたのも知ってる。そういう不器用なユイリーのこと、俺はいつの間にか好きになっていったんだ」

「……それ、本当のこと言ってるの？」

「弱ってたときに優しくされて、そのうえ守ろうとしてくれてるのに、好きにならない奴なんていないだろ。相手が性格悪くても」

　性格悪くて悪かったわね。十分過ぎるほど自覚してるわよー！

「でも亡命したばかりの頃はまだ、俺の故郷の情勢が思わしくないときで、残党狩りの噂も絶えなかった」

「ローツェルルツは、奴隷の反乱で王国が転覆されたって聞いたけど……」

「ああ、そのとき解放された奴隷達の中には、長年王族や貴族に虐げられた恨みを持つ者が多くいたんだ」

「……じゃあラースがうちに来たときは、その人達に狙われてたの？」

「うん、まあ残党狩りでも、亡命した俺には表立って手が出せない。でも、シンフォルースは貿易国で身分にかかわらず多くの人種が住んでいる。紛れ込むにはもってこいの場所だし……今までユイリーを避けてたのは、俺が故郷の解放された奴隷達に狙われていたからなんだ」

「巻き込みたくなかった」と、ラースは寂しげな表情で続けた。

　それまで呑気に寝そべっていたわたしは、ベッドから半身を起こして、ラースの方へ身を乗り出すようにしながら話に耳を傾ける。

「出会った頃のユイリーはいつも俺の傍にいようとしたから……だから避けた。でもそれでユイリーを傷付けるつもりはなかったんだ……ごめん」

「……わたしが、我が儘だから面倒になったんじゃないの？」

「違うよ」

「どうして教えてくれなかったの？　教えてくれればわたしだって……」

「言えなかったんだよ。言えば絶対、ユイリーは俺の傍にいて俺を守ろうとするから」

うっ、確かに。否定できない。

どんなに駄目だと言われても、わたしは絶対にラースを守ろうとするだろう。小さいわたしがカエルを手に、ラースの前で仁王立ちして奮闘している姿が目に浮かぶわ。

だってわたし、ラース大好きだし……

うつ伏せになって頭を枕で隠すようにすると、ラースがトントンとわたしの背中を叩いた。

「情勢が落ち着くまでは俺の傍にユイリーを近寄らせるわけにはいかない。そう判断したんだ」

「……それってもちろんお父様もご存じだったのよね？」

ラースが無言で頷くのを、わたしは切ない気持ちで見つめた。

「それでなるべく近寄らないようにしてたのに、ユイリーは全然諦めなくて……ようやく諦めたと思ったら、今度はカエルやらなんやらで嫌がらせを始めたから、最初はかなり困惑した」

わたしが罪悪感に瞳を陰らせると、気にするなと言うようにラースにほっぺたをふにふにと突かれ、ちょっとだけ気持ちが和んだ。

あー、やっぱり甘いわ。ラースって、砂糖菓子よりも数段甘い気がする……

「じゃあ、お父様に泣いて慰められていたのは……」

「あれは……ユイリーに嫌われたと思ったからで、カエルが怖かったからじゃない」

「カエルが怖いんじゃない？」

「ユイリーに嫌われたと思ったから泣いてたんだよ……悪いか」

ラースが耳の先を赤く染めながら、拗ねたようにこちらを睨む。

「っ！」

「なんでそんなに驚くんだよ？」

カエルが苦手じゃないラースなんてラースじゃない！

「ぜーったい、嘘だ。ラース、絶対カエル嫌いだもの」

「……気になってるのはそこなのか？」

「嫌われたと思ったから泣いてたって……ラースは本当にわたしのこと……」

「好きだよ。それにユイリーは引きこもりになってから特に嫌がらせをしてこなかったけど、こっちの様子ばかり気にして陰でこそこそ俺のこと見てたから……嫌いな俺と極力会わないようにしてるのかと思ってたんだ」

こそこそしてて悪かったわねー！

確かに見てたわよ。ラースが外から戻ってくるのを、エントランスの階段の隅に隠れてこっそり眺めてたわよ。

しっかりバレてたのね……でも会わないようにするためじゃなくて、「目の保養～」って眺めてただけだったんだけど、そんな風に思われてたなんて……

「それでもユイリーは普段から弟、弟って……なんだかんだでずっと俺を弟として守ろうとしてたから、男として見られてないことが悔しかった」

「だってわたし、ラースのお姉さんだし」

義弟を守るのはお姉さんであるわたしの役目！　と胸を張る。すると、ラースは小さくため息を吐いて、よしよしとわたしの頭を撫でた。

うーむ。おかしい。胸を張ってもラースの方が断然保護者っぽく感じるのはなぜなのか。

「ユイリーはフィリスティア卿が俺を養子に迎え入れたから、仕方なく俺を守ろうとしてるって思ってたし、今更関係を修復しようにも、もう手遅れだと半ば諦めてたんだ。それでも遺言通りにすれば仮面夫婦でもユイリーの傍にはいられると期待してた。だから、隠居するって言い出されて自棄になって……好きにすればってユイリーを突き放したんだ」

「そうだったの……」

「なのに、アルフレッドからタコの食い過ぎでまた腹痛起こしてるって聞いて。様子を見に書斎へ行ったら今度は好きとか言われて。本当にすごく驚いたよ……」

「うっ……それはその……」

ラースをケロケロからかってたら思わず本心がポロッとね。出ちゃったのよねー。

「家督を継いで……頑張っても駄目で。布団に潜り込んでるのをアルフレッドに聞いて、見かねて手を貸してみたりしながら、ユイリーの様子はずっと見てたよ。それに最近も……俺の成人する日が近づくにつれてユイリーの挙動が怪しかったから、探りを入れるついでに久しぶりにちゃんと話してみたら、やっぱりどうしようもなく可愛くて。困って、接し方が分からなくなって冷たくしたんだ……本当に全部悪かったと思ってる」

なんですと？　可愛くて困る？　十人並みのわたしにそんなこと言うのって多分、ラースくらいだと思うんだけど……。愛してるって言ってたし、これはきっと……恋は盲目というヤツだわ……義弟の目がおかしくなっている。

「やっと成人して家督を継いで、表立ってちゃんとユイリーを守れるようになった。だからようやく言える……これからは俺にユイリーを守らせてほしいんだ」

普段の軽薄な雰囲気から一変、ラースが真面目な顔で守るなんて言い出すからびっくりする。

しかし、いつもの反動で「むむっ、それは姉であるわたしの役目っ」と使命感が湧き起こり、わたしはつい強く反応してしまった。

「守る？　わたしを？　でもラース、わたしのこと好きとか言ってるけど……あんなに女の人たらし込んでたじゃない！」

「あれはいつの間にか寄ってこられてただけで……」

つまり、特になにもしなくても女が寄ってくるから、付き合い程度に一緒にいただけってこと？

ムッとして顔を顰(しか)めると、ラースは気まずげに続ける。

「それに、そうしている方が都合がよかったんだ……」

「都合がよかった……？」

疑わしいものでも見るように、ジーッとその端整な顔を見つめ続けていたら目を逸らされた。わたしはベッドの上をもそもそと動いて、ラースの横にちょこんと座る。でもって目は意識して三角に尖らせた。

なんだろう？　これって恋人だか夫だかを問い詰めてる気分だわ。ちょっと楽しい。

そうしてわたしにジリジリと詰め寄られて、数分後、ようやく観念したラースがボソリと呟いた。

「……残党狩りで躍起になってる連中が近寄りやすくしていた方が、早く奴らを排除できるから」

「はい、じょーーーっ⁉」

この子、自分を餌にして残党狩りの犯人をおびき寄せてたのっ⁉

「……お父様と一緒にそんな危ないことしてたの？　わたしに黙って？」

「ごめん」

「ラース……」

ちょっとそこ座りなさい、と指差す。いや、もうラースは座ってるんだけど。一応お姉さんとして形だけでもね。

ラースもラースで形だけは反省を見せる。

「ローツェルルツの元王族である俺は標的になりやすいから。少しでも早くユイリーと普通の生活ができるようにしたかったんだ」

「そのわりにはけっこう遊んでたわよね？　女の人達と」

「それは……ずっと今までユイリーが好きとは言えなかったし……ユイリーに手が出せないから」

「ま、まさか他で発散してたなんて言わないわよね？」

「……ごめん」

気まずそうな顔してこくりと頷かれた。

……わ、わたしのせいで大切な義弟が女ったらしにぃっっっっっ!?

ガーン。

ショックで呆然としているわたしを前にして、ラースが気遣わしげな声をあげる。

「ユイリー……？　その、本当にごめん……」

わたしはベッドに突っ伏して、枕を抱えてシクシクと泣いていた。きっと隣で真っ青な顔をしているであろうラースの謝罪を、右から左に聞き流す。

こんなことで枕を涙で濡らすことになるなんて……！

修羅場だわ。修羅場。まあ別にわたし達、付き合ってるわけじゃないけどねっ！

でも、あんまりじゃないのよぉ～～っ。自分のせいで好きな人が女ったらしになったなんて酷すぎるわ。

「あ、そういえば、もう一つ聞きたいことがあるの」

突然思い出したように顔を上げると、ラースが少しビクついた。こちらのご機嫌を窺うラースが、段々とでっかいワンちゃんに見えてくる。

「なに？」

「わたしが家督を継いだとき、当主に相応しくないって言ったのは、どうしてなの？」

「あれは……なにもできない自分が情けなくてユイリーに八つ当たりしたんだ。本当は相応しくないなんて思ってない。ユイリーはずっと頑張ってたし、俺を守ってくれてたけど……俺は自分の手でユイリーを守りたかったんだ。だから苛ついて酷いことを言った……」

あ、やっぱり聞かなきゃよかったわ。

シュンッと落ち込んでいるラースが、ますます可愛く見えてくる。

——ハッ！　ダメよ、ダメっ！　今はお説教に集中しなきゃ！　…………でも、やっぱり、わたしの弟可愛いっ！　って、あー、もうっ！　そうじゃなくて！

わたしはぶんぶんと頭を振って、意識して真剣な顔をする。

「事情は分かったわ。実際、わたしは不甲斐ない当主だったし、気にしてない。それよりラースは本当にそろそろ当主業務に戻った方がいいと思うの。挨拶に来る人達とか待たせているんでしょ？」

言いながらグイグイとその逞しい胸を押す。

当主交代の旨は、既にアルフレッドに手配させて近隣の諸侯に伝えてある。だから今日はひっきりなしに来客があるはずだし、本来ならラースはその対応に追われているはずなのだが……

「それは大丈夫。なにが起こっているかは全員周知してる」

「どういうこと？」

ラースがおもむろに外のバルコニーを指差した。そこには風を受けてはためきながら、高々と干されている真っ白いシーツがあった。

「あれって……」

「最近は純潔にこだわらない風潮だから、婚姻前に経験があってもさして問題ない。大半は別の血で代用して証明するのが普通だけど、ユイリーは正真正銘の処女だから手間が省けたよ」

シーツに点々と付いた赤い染みが目に入り、わたしは愕然とした。ゆっくりとラースを振り向き、呆けたままたどたどしい声で尋ねる。

「……嘘、でしょ？」

あのシーツはつまり、純潔を捧げたと公に宣言されたことと同意だ。ラースは淡々と、しかし確実に、わたしを捕らえようと動いている。

ラースを見つめると、頬にそっと手を添えられた。彼からは絶対取り消すつもりはないと、強い意志を感じる。

これって……どう足掻いてもラースからは逃げられないってことなの？

「俺とユイリーの関係は証明された。婚姻関係にあることは訪れた諸侯全員が証人になるのはユイリーも知ってるだろ？　まあ、もっとはっきり周知させるなら、正式に結婚して式を挙げるのが一番だけど」

「わ、わたしが処女じゃなかったら偽証するつもりだったの？　まさか……最初からそのつもりでわたしを抱いたの？」

わたしには他に好きな相手がいるってラースは思ってるのよね？　それも絶賛不倫中だと思われてる相手が。なのに、その上で退路を断つような所業に及んだってことっ⁉

遺言通り妻にするとは言われたけど、ここまでするだなんて思ってもみなかった。けれど今ではもう、ラースに触られるだけでわたしの体は反応してしまう。触れられた部分が甘く疼き、彼を求めて熱を帯びる。

そのくらいわたしが彼を愛していることをラースは知らない。

「正直言うと、俺はユイリーと結婚できるなら体面なんてどうでもいい。でも、ユイリーはそういうの気にするんだろ？」

「なにが言いたいの……？」

「家督を継いで当主になってすぐ婚約を破棄されたなんて知れたら、最速で俺の当主としての面目丸潰れだし。それも婚約者が不倫してたなんて一生ついて回る汚名だと思わないか？」

「っ！」

確かに足手まといになるどころの話ではない。

明らかにラースの将来を妨げる汚点となる。

貿易大国であるシンフォルースでは異国間交流が盛んな影響か、恋愛結婚する王族、貴族は多いものの、政略結婚が一般的だ。そのため、夫婦間で不倫を黙認することはよくある。

が、あくまでそれは公にならないのであれば、という話だ。不倫関係が明るみに出て、周囲に知られるようなことがあれば即刻離縁。社交の場に姿を現すことはできなくなる。

それは地位や名誉を重要視する王侯貴族にとって、なにより恐れる事態だ。

もっとも、暇を持て余した彼らが、不倫によるスリルを楽しんでいるきらいもあるが……

これらは婚前のご令嬢方にも当てはまることで、表向きは処女喪失がバレなければ問題ない。けれど、ただれた異性交遊が噂として広まったり、公になったりするようなことがあれば、嫁ぎ先を失うことになる。

「そんなことになれば、もちろんユイリーにとっても面目丸潰れだけど。ユイリーは自分のことより、俺の体面を気にしてるみたいだから……あえて言わせてもらうよ。ユイリーの気にする俺の世間体を守るためには、ユイリーが俺と結婚しないと無理だと思うけど？」

つまりラースは今、自分の将来を人質にわたしに結婚を迫っているということだ。有能なのは知っていたけれど、我が弟ながら本当に頭がよく回る。

わたしは優秀な義弟が幸せになれるようにという、その一心で隠居を決めた。なのにそれを逆手に取られてはお断りしようがない。

どうすればわたしが断れなくなるのかを、ラースはよく分かっている。

「……わたしが、隠居できないようにしたの？」

聞くと、ラースは無言のまま野性の獣のような鋭い目を向けてきた。

「ああそれと。今後、俺がいいと言うまでこの部屋から出るのは禁止する」

ん、なんか今、サラッととんでもないこと言われた!?

「ラースの部屋から出ちゃいけないってこと……？」

「まあ本がないとユイリーはタコに走るだろうから、書斎くらいならいいけど。必ずアルフレッドかジェーンをつけること」

「それって事実上の監禁じゃないのよーっ！」

先ほどまでの落ち込みワンちゃんから一転して野性の狼になった義弟に、やだっ！　と勢いよく言い張ると、ラースはあからさまに不機嫌な顔をした。

顎（あご）を取られてクイッと上向かされる。

「ユイリーが不倫相手に会いに行こうとしたら、俺はどうすると思う？」

「え、まさか逢引きでもするって疑ってるの⁉」

不味いっ。思いっきり勘違いされている……！

ラースの独占欲に驚いて、悲鳴のような声をあげてしまったのが悪かった。ラースはわたしが不倫相手に会いに行けないことを不満に思っていると捉えたようだ。

「逢引きなんてしてみろ。まずはユイリーの手足に鎖でもつけて一生部屋から出られないようにする。それから――不倫相手を探し出して殺すかもしれないよ？」

「っ⁉」

あまりに物騒な言葉をにっこり爽やかに言われて、唖然とするしかない。それも――

「ここを抜け出すならそれ相応の覚悟がないと駄目ってことだよ」

冷たく笑みを浮かべて、ラースがわたしの唇をそっと指でなぞった。

「わ、わたしの隠居生活は……？」

「諦めるしかないんじゃないか？」

声を上擦らせながら、縋（すが）るように尋ねる。そんなわたしにふっと一笑して、ラースはにべもなく言い放った。

諦める……わたしが着々と長年計画を立てた悠々自適な腐女子ライフ――仮想不倫相手のＢＬ本を楽しむ別邸での隠居生活を諦める？　……切ない。そんなのあんまりだわ。

あの、せっかく別邸を作ったんだし、せめて時々利用するくらいはしてみたかったり……。勿体ないし……

とは言えないので、悲壮な表情を浮かべてラースの金色の瞳を見つめる。すると、不敵な微笑から一転、ラースの顔が暗く翳（かげ）った。

「……分かった。そこまでその男の元に行きたいなら行ってもいい。……ただ、条件がある」

「じょ、条件？」

え、あっ……どうしよう。さらにラース、怖い顔になってる……

困ったことに、次々誤解されて、どんどん状況が悪化しているような気がする。続くラースの言葉を待って、ゴクリと唾を呑んだ。

「俺は子供が欲しい」

「…………へ？」

ちょっ、あなた、今度は突然なに言い出すのよ!?

間抜けな顔をしているだろうわたしを一瞥（いちべつ）して、ラースは淡々と続ける。

「ユイリーとの間に正統な跡継ぎができれば、この屋敷から解放してもいい」

「跡継ぎって……ラースの子供を産めってこと？」

言葉にすると余計に恥ずかしくなって、瞬く間に頬が熱を帯びていく。

無理！　できない！　挫折早いっ。でも無理なものは無理なのよー！

「ただし、跡継ぎだからな。当然男児を産まないと駄目だ。そしてその子供が無事に成人するまでは解放しない。ずっとここにいてもらう。その後は好きな男が待っている別邸で好きなだけ隠居生活を楽しんでもいい。これが条件だ」

「……っ！」

子供が成人するまでって……それって最低でも二十年近くはラースの傍から離れることができないってことじゃないの！

シンフォルースの成人は十八歳。

そんなに月日が経ってしまった後で解放するなんて無茶苦茶だ。条件でもなんでもない。つまり、ラースは絶対にわたしを手放すつもりはない、ということだ。

こちらへ向けられた綺麗な瞳が、さながら獲物を見つけた獣みたいに殺気立っていて、肌が粟立つ。わたしは知らず知らずのうちに自分自身を抱き締めていた。

ラースがわたしの頬に触れようと手を伸ばしたが、彼の放つ怒気と執着に怖気づき、反射的にその手をパシッと払い除けた。

「あっ！　ご、ごめんなさい……！」

払い除けた拍子に爪先がラースの頬を引っ掻いて、血の気が引いた。彼の綺麗な顔に傷でも残ったら大変だと、急いでラースの頬に触れて確かめる。

「……よかった。血は出てないみたい」

ホッと息をつくと、ラースは戸惑う様子で眉を寄せた。

「ったく、こんなときまで俺の心配か……。信じられないな」

「え？　あの……ご、ごめんなさい……」

ラースが小さく舌を打ったので、再度よく分からないまま謝ると、彼はなぜだか呆れたように顔を顰めた。わたしの唇を、親指の腹でなぞりながら腰に手を回す。

「ラース？　ぁっ！」

グイッと体を引き寄せられた。

ぶっきらぼうな言葉とは裏腹に、唇をなぞる指の動きが優しくてくすぐったい。思わず身じろぐと、今度はわたしの額にコツンと彼の額を合わせてきた。

ラースの目は潤み、切なげに揺れている。

「……だからユイリーからは目が離せないんだ」

そういえばラース、よくおでこくっつけてくるけど、こうするのが好きなのかしら？

鼓動がドキドキと高鳴ってくる。心臓の音がラースに聞こえませんようにと心の中で祈りながら、わたしは小さく口を開いた。

「わたし、そんなに子供じゃないわよ……？」

「うん、ちゃんと分かってるよ。ユイリーは大人だ。ものすごく可愛くて、こっちの心臓がもたないんじゃないかって思うくらいハラハラさせられるけど……それも含めて愛しい」

な、な、な……なにこれっ⁉

嫉妬(しっと)してめちゃ怒ってると思ったら、ラース、今度はものすごい甘いことばかり言ってる！　すごいわ！　情緒不安定だわ！　男の人ってこんなに態度が変わるものなの？

ラースの綺麗な顔に浮かぶ表情がとても柔らかくて、思わずドキッとしてしまう。

――って、こっちの心臓がもたないんですけどっ⁉

耳まで熱い。頬(ほお)が真っ赤になっていくのが自分でも分かる。

「だからさ、俺はユイリーが他の男に触れられるのを許すつもりはないってことだよ。何度でも言う。愛してるんだ。小さい頃からずっと。たとえユイリーに別に好きな男がいてもね」

「っ……！　ら、ラース、あの……っ」

ラースはわたしの言葉を遮るように、軽く口づけを落とした。そして苦しげに顔を歪め、息もできないほどどきつくわたしの体を掻き抱く。

「もうユイリーは俺のものだ。誰にもやらない。どんなに時間がかかっても必ず振り向かせるよ」

第七章　美青年カップリング＆高鳴る胸の鼓動

あれはまだ言葉も拙(つたな)いわたしが、ミニマムサイズな三歳児だった頃。

夕暮れ時のお腹が空く時間帯、ピカッと空に稲光が走った。

『ぴゃぁぁぁあ』

一応言っておこう。これは、異国から珍しいものを取り寄せるのが大好きなお父様が輸入した、珍獣の鳴き声ではない。

――ピカッ。

『ぴゃぁぁぁあ』

『おやおや、可哀想に。そんなところで縮こまってないで出ておいで？』

頭隠して尻隠さず。食卓用の長テーブルの下に頭を抱えてプルプルお尻を震わせているのは――

『ユイリーは雷が苦手なんだね？』

『おとうたまぁ～』

小さなわたしが情けない声を出して涙目で振り返ると、お父様は優しく抱っこしてくれた。

『雷が鳴るとユイリーはいつも全力疾走で屋敷内を駆け回ってるけど、どうしてだい？』

『カミニャリいや～』

我が家の雷名物「屋敷巡り」。

このような名前が付けられた理由は、雷が落ちると決まってわたしが屋敷内を全力で駆け抜けるからだ。今はもう平気だけど、わたしは小さい頃、雷が超苦手だった。

今はもう平気だけど。念のため二度言った。

『普通はどこか机の下にでも入るかベッドで布団被ってるものなんだけど、ユイリーは走ってどこに逃げてるのかな？』

屋敷内をドタバタ駆け回り、結局最後はお父様に抱きつくか机の下に隠れて震えている。お父様の疑問はもっともだった。

『おとうたまをさがしてりゅのよ』

『おや、お父様を捜してくれてるのかい？　それはどうしてかな？』

『いっちょにかくれりゅの』

わたしが小首を傾げながら見上げると、お父様は相好(そうごう)を崩して微笑んだ。

『そおかそおか。お父様が雷に打たれたら危ないから、一緒に隠れようと捜してくれたんだね？』

皆まで言わなくても、お父様はわたしのことをちゃんと理解してくれた。素直にこくりと頷くと、お父様はとても優しい顔をした。

『ありがとう。ユイリーはとても優しい子だね。じゃあ一つ大事なことを教えてあげよう』

『だいじ？』

『うん。とても大事なことだよ』

お父様はわたしを抱え直すと、目の高さを合わせてゆっくり丁寧に教えてくれた。

『ユイリー、怖いものからは全力で逃げていいんだよ。でも、本当に手放したくないモノがあるときは逃げちゃいけない。じゃないと足が沢山生えてきて、タコ足になってしまうからね？』

ニッコリ笑うお父様をじっと見つめながら、わたしは目を瞬(しばた)かせた。

『タコげしょ？』

『ゲソ？　惜しい。それはイカだよ。イカの足はゲソで、タコはタコ足でいいんだよ、ユイリー』

『タコげしょー』

『うんうん。タコはゲソだよねー』

流石親バカ。もはや「タコげしょー」としか言葉を発しない娘にお父様はデレデレだ。

思えばあれから夕食の席に着くまで、わたしは「タコげしょー」としか言っていなかった……もうすぐ夕飯だったから、きっと小さなわたしはお腹が空いていたのね。

＊

ラースに結婚を迫られてから早一ヶ月が経過した。

目下の問題は、わたしの想い人がエリオス様という誤解が未だに解けていないことだ。真実を打ち明けることもできず、わたしの口から自然とため息が漏れた。

ラースの部屋の鏡台の前に置かれた椅子に腰掛けながら、鏡に映る冴えない自分の顔を眺める。後ろでわたしの身なりを整えているジェーンにグチグチと、それも早口でわたしは文句を言い続けていた。

いいや、文句と言うよりも、自分の知らなかったラースの一面にビビってしまって、誰かに聞いてもらわずにはいられなかっただけなんだけど。

「ラースってエッチなだけじゃなかったみたいなの」

ラースには本当の家族がいない。故郷には兄弟姉妹もいたはずだけど、先の奴隷による反乱で家族を亡くしたと聞いている。

　だからラースが子供を欲しいと言ったのは、単にわたしを屋敷から出さないための口実というだけではなく、血の繋がった本物の家族を欲しがっているのだと思う。ラースは自分のことをあまり話したがらないから本心は分からないけれど。

　うーん。確かに、わたし一人だけじゃ力不足というか、心許(こころもと)ないわよね。

　もしかしてラース、子供が沢山欲しいのかしら？　今までずっと寂しい思いをさせていたのかもしれない……そう思うと胸が痛い。カエルでいじめたりするんじゃなかった、とまた後悔する。

　それにしても、まさかラースに子育て願望があるとは思いもしなかったわ。てっきり暫く独身貴族を謳歌(おうか)して、遊び飽きてからそういうことは考えるものと思ってたのになぁ。まあ、根は真面目だし、世話好きみたいだからラースならいいパパになりそうではある。

「ラースはどうしても子供が欲しいみたいなの」

「さようでございますか。それほどまでに旦那様が切望されていらっしゃるのでしたら、励まれる方がよろしいかと」

「……毎日されてるんだけど」

　ジェーンの言葉に、わたしは深くため息を吐いて項垂(うなだ)れた。

　でもって今は、別の件で盛大に悩んでる。だからラースとエッチしてる場合じゃなかったりするのよね。

　ラースに愛してるって言われたときは舞い上がってたけど、まだわたし、結婚とか跡継ぎを産むとか、大切なことなにも返事してないのよね。

かといって、腐女子という重大な秘密を隠したまま返事することはできないし……

あれからラースがわたしに不倫前提の結婚を承諾するよう迫ってくることは一度もない。代わりに凄まじい監視と束縛、毎夜繰り返される激しい行為に心も体も溶かされる日々。

絶対逃がさないと宣言されていることは明白で……ラースがわたしを妊娠させようとしているのは重々分かっている。

結局わたしも、嫉妬に駆られたラースを一度も拒絶することができなかった。ラースに嫌われたくない。愛されてることを身をもって知ったからこそ、尚さら自分が腐女子だと話すことが怖くなってしまったのだ。

……ホント、悪夢だわ。

「ラース、昔は天使みたいに可愛かったのに……」

まあラースは今でも可愛いけどね。

でも可愛いと思った次の瞬間には、狼に変わってるんだもの。

狼に変貌したときのラースの顔を思い出し、身震いした。黄金色の瞳がギラついて、嫉妬と情欲が混ざった鋭い眼光を向けられるたび、捕食されるような気分になる。

「……ラース、怖い」

毎回震えて涙目になるくらい、迫力あるあの雰囲気はなんなのよー！　怖すぎるわ！　男の人って皆ああなのかしら……？

戸惑うわたしを夜通し抱いて、唇に数え切れないくらい沢山キスをして、やっと満足すると——濃厚な情事とは打って変わって、ラースはいつも朝方にあっさりと部屋を出ていってしまう。いったいいつ寝ているのかと不思議になるくらいだ。

——ふぅっ。興奮してたら喉が渇いてしまったわ。

のろのろと死にそうな顔で、鏡台の横のサイドテーブルに置かれた紅茶に手を伸ばす。ジェーンが用意してくれたそれを口に含むと、口腔内に広がるラズベリーの甘酸っぱい風味に、ちょっとだけ気持ちが落ち着いた。少し入っている蜂蜜の香りと相まって癒される。

「お嬢様、本日の代えのお召し物ですが、こちらなどいかがでしょうか？」

「ジェーン、今はお召し物はどうでもぃ……——ぶっ⁉　なんなのよそれぇー⁉」

飲んでいた紅茶を危うく噴き出しかけた。

ジェーンが手にしていたのはスケスケの煽情的な下着。もはや下着とは名ばかりの、相手を誘惑するためだけに作られた代物だった。

「……それ、下着の役割を果たしていないわよ？」

というか、わたしの悩みを聞く気はないのね？

ジロリとジェーンを睨めつけると、彼女はなに食わぬ顔でこちらを見た。

「ここ一ヶ月ほど、旦那様とお嬢様は大変励まれておられましたので。ご用意させていただきました」

「もっと子作りに励めってこと……？」

「さようでございます。朝昼晩に一度ずつされる殿方もいらっしゃいますので」

「あははっ。……それって冗談よね……？」

乾いた笑い声をあげながら、後半は大真面目に尋ねる。

朝昼晩なんて冗談じゃない。死んでしまうわ！

「わたくし冗談は申し上げません。従ってノーパンもよろしいかと思われます」

なに、淡々と淑女の嗜（たしな）みみたいな言い方してくれちゃってるのよっ。第一、まだ結婚もしてないのに！

そんなことになったら本当に妊娠して、ラースにまた強引に事を進められちゃうじゃな………え、まさかそれが狙い、とか？　あはは。まさかねー。

「なんだか着々とラースに周囲を固められてる気がするんだけど……」

気のせいよね？　と愛想笑いを振り撒いてもジェーンの表情は動かない。

真面目な顔してとんでもないことを平然と言ってのける、というか勧めてくる破廉恥（はれんち）メイド、ジェーン。

「わたし、ラースに流されないようにもっと強くならないといけないと思うの」

「旦那様に怯えて震えるお姿は大変愛らしく、官能的に旦那様の目に映っていると思われます。なので、お嬢様はそのままでよろしいかと」

……ええー。

困ったわ。わたし、大人しくラースに食べられることをお勧めされている。

とことんラースの味方なのね、あなた。

「まあいいわ。とりあえず、そのいやらしい下着をいつまでも手に持ってないで、衣装棚の奥にでもしまってきてちょうだい」

「本当によろしいのですか？」

なぜそこで心底残念そうな顔をするのよー。普段は一ミリも表情動かさないくせに。

「ジェーン、わたしはね。あの……」

「やはりご使用になられますか？」

違う。そうじゃない。

なんでわたしがそのスケスケの下着を今必要としているように見えるのよぉー。

今わたしに必要なのは下着じゃなくって、別荘に脱出するための余所行きのお洋服よ。そんな下着じゃ、歩くときに心許(こころもと)ないじゃないのよ。それに——

「寝間着にスケスケの下着って……ものすごくエッチしたいみたいでなんかヤダわ」

「さようでございますか。ですが旦那様以外にお嬢様の破廉恥(はれんち)なお姿を見ることができるのは、わたくしくらいですので。お気になさる必要はございません」

「た、確かにそうなんだけど……でもやっぱり恥ずかしいから……だから、その………」

「わたくし達使用人は空気と同じとお考えください」

ラースの自室に拘束されて、ジェーンに監視されるようになってから分かったことがある。メイド長のジェーンは伯爵家では執事長のアルフレッドに次ぐ堅物だと言われているが、真面目な顔して性にとても開放的な人であった。表面上はとことん淡白ではあるけれど。

「……ジェーン、お願い。アルフレッドを呼んでくれる？」

「畏まりました」

とりあえず、目下、一番の問題であるエリオス様の件に関与している唯一の人物を呼び出すことにした。


それからすぐに、アルフレッドはやってきた。

ジェーンには悪いけど席を外してもらって、改めて事の発端を振り返る。

「わたしがラースにエリオス様の正体を正直に話したとして、あはは……まさか本に嫉妬したりなんてしないわよね？」

「お嬢様は旦那様がどう思われると？」

「………下手したら変人扱いされて、ＢＬ本を全部燃やされるかも……とは思いました」

自分で言いながら、その未来を想像してさっと血の気が引いていく。わたしの生き甲斐が灰になるなんて……恐ろしい。

アルフレッドに不安げな視線を送ると、彼はその強面な顔を少しだけ緩めた。

「旦那様のことですから、きっとそれも含めてお嬢様を受け入れてくださると思いますが……」

「でもね、自分に似ている主人公が出てくる上に、けっこう過激な濡れ場シーンが多いの。いくらエッチなラースでもあの本を見たら相当ショックを受けると思うのよ。それもここまで拗れちゃって……わたしがただのＢＬ本好きの腐女子だったなんてことが分かったら、どんな反応されるか………あ、いっそのことエリオス様の偽物を用意して、派手にラースの前で別れを演じちゃえばいいんじゃない？」

うわっ。すごい妙案浮かんじゃった！

うんうん、世の中知らない方が幸せなこともあるし、これは必要な嘘よね。臭い物には蓋をしちゃうのが一番！

「しかし、相手役はどなたにお願いするのですか？」

「人選は任せるわ！」

恐怖に負けてわたしは逃げ出すことにした。だって嫉妬でＢＬ本全部燃やされるなんて、やっぱり耐えられないもの。

「そうしますと本の代わりに相手役の者が燃やされるかと」

「………あ」

で、ですよね。確かにラースなら燃やしちゃいそうだわ。

ゴクリと唾を呑み、嫌な予感を一蹴するように頭を振る。

それから考え込むこと数分――

『ユイリー、怖いものからは全力で逃げていいんだよ。でも、本当に手放したくないモノがあるときは逃げちゃいけない。じゃないと足が沢山生えてきて、タコ足になってしまうからね？』

頭がハゲそうなくらい悩んだ末。ふと、お父様の教えが頭を過った。

「そうよね。はぁ……仕方ないか」

お父様、今なら分かるわ。タコ足が生えても足が速くはならないこと。そしてラースを手に入れるためには、真実を伝えなくてはいけないことも。

願わくばラースが趣味に理解のある人であってほしい。いや、でもラース、エッチするときは十分変態だし許してくれるかも？

「アルフレッド。お願いがあるの」

「いかがいたしましたか？　お嬢様」

隠居生活を始めると決めた四年前から黙々と準備して、ＢＬ関連のものはラースに知られないよう、全て厳重に持ち出してある。だから……

「わたしのＢＬ本を隠居先から取ってきてくれないかしら？」

「それをどうするつもりでございますか？」

「……ラースに、今度こそ本当のことを話そうと思うの」

腐女子がバレたときの反応が怖いからってラースから逃げて、これ以上彼を傷付けたくない。

なにが一番いい方法なのかなんて全然分からないし、世間体は……ものスゴく気になる。まあ言ったら速攻拒否られて終わるかもしれないけど、そのときはそのときだわ。

だってラースはダメダメなわたしのこと、なりふり構わず求めてくれている。わたしに関する酷い噂とか、今までの呆れた行動とかどうでもいいみたいに。

わたし達は一応両想いなのに、彼の気持ちを無視して逃げ出すなんてことしたら……それこそ腐女子の面子丸潰れだわ。

わたしの最推し、ラースには幸せでいてほしいのよ。

わたし頑張るわ！

「どうしてもお嬢様が伝えることを躊躇われるようでしたら、私から旦那様に本のことをお話しいたしましょうか？」

「ううん、いいの。これはちゃんとわたしの口から言わなきゃいけないことだから……でもきっと言葉だけでは信じてもらえないと思うのよ。だから現物をアルフレッドに取ってきてほしいの」

どうにか気持ちに折り合いをつけたものの、やっぱりかなり勇気がいる。すごい勢いで心臓がバクバク鳴り出したし、胃がムカムカしてて吐きそうだけど。でも、もうやるしかない。

「……そうお嬢様が判断されたのでしたら、私から申し上げることはなにもございません」

「ありがとう、アルフレッド。よろしくお願いします」

「畏まりました。では別邸まで四、五日ほどかかりますので、その間屋敷の管理は別の者に任せるよう手配いたします」

そして、アルフレッドは一礼して部屋を出ていった。

それからジェーンが交代で入ってきて、なにも聞かずに冷めた紅茶を淡々と淹れ直し始める。一大決心をした後なので、いつもと変わらないジェーンの様子にホッとしてしまう。

これでなんとか先が見えてきたわね。あ、そういえばどの本を取ってきてほしいか言うの忘れてた。このままだとＢＬ本を全部持って来られることになってしまう……⁉

そ、そんなにいっぱいはいらないのよー！　というか、ＢＬ本大量に集めてたなんてラースに知られたくないっ。

ガタッとすごい勢いで席を立つ。

「お嬢様？」

「ごめんなさい、ジェーン、わたしアルフレッドに言っておかなきゃいけないことがあるの！　すぐ戻るからっ」

「お嬢様っ!?　なりませんっ！　お嬢様！」

そう言って、わたしは大急ぎで部屋を飛び出した。背後から珍しく焦ったジェーンの声が聞こえてきたが、それを振り切って、わたしは走り続ける。

まあ、別に逃亡してるわけじゃないからいいわよね。

アルフレッドの後を追って廊下を走っていたら、ヒソヒソと囁くような声が耳を掠めて、わたしはピタリと足を止めた。渡り廊下の先にある曲がり角から届く聞き覚えのあるその声に、思わず壁に手を当てて身を隠す。そっと覗き込むと、そこにはラースと若い女性がいた。

「ラース、わたくしはあなたを信じて本当によろしいのですね？」

「ああ」

「愛しているのはわたくしだけ……あなたのお姉様は単なる遺言のオマケに過ぎないと……」

「……そうだ」

え、オマケ？　わたしが？　もしかしてわたし、今絶賛浮気され中!?

雷に打たれたような衝撃を受け、即座に踵（きびす）を返す。もう大量のＢＬ本がアルフレッドに運ばれてこようがどうでもよかった。

「……なんだったのよあれは。それも、多分キスしてたわよね？　角度的に口元は見えなかったけど……顔が重なってるように見えたし……」

ん？　あれ？　そういえば、ラースと一緒にいたあの人、どこかで見た気が………

「あっ、前にわたしが害虫防止スプレーを浴びせたご令嬢の一人？」

思い出した。それも確か、ラースとキスしてた化粧臭いご令嬢だ。

待てよ？　ということはラース、また同じ女にキスしてたってこと⁉

……ワタシハミテハイケナイモノヲミテシマッタ。

ああ、頭が働かない。片言しか単語が浮かんでこない。

嘘でしょう？　婚約してまだ一ヶ月しか経ってないのにもう浮気されたの？　好きって言ってくれたのに？

……わたしってそんなに魅力ない？

拳を握り締める。爪が手に食い込んで痛みを覚えたが、そんなことなど気にならないほどショックを受けていた。悔しさと悲しみが胸の中で絡（から）み合って、目に涙が盛り上がっていく。

わたし以外の人とキスしない誓いを早々に破ったラース。さっき令嬢が言っていたように、わたしのことなんてやっぱり遺言のオマケだったってことなのね。それがはっきり分かってよかったじゃないの。あはは。

屋敷の廊下で衝撃の浮気現場を目撃してしまい、肩を落として来た道を戻っていた。しかし、途中でクルリと方向転換して、わたしはラースの自室ではなく書斎に向かうことにしたのだった。

書斎に立てこもること十日。

引きこもりから立てこもりへとジョブチェンジしたわたしは、今日も元気に立てこもっている。

「ユイリー、ここを開けて」

「お断りします」

ぶっちゃけ、恥ずかしい。

ラースはチャラ男の仮面を被っていただけ。純粋にずっとわたしだけを思ってくれていた！

——なんて、自意識過剰にも乙女に信じ切っていた自分が恥ずかしい。

落ち着いて常識的に考えてみれば、あんなにモテる男が平凡で冴えないわたしを選んでくれるだなんてそんな上手い話、あるわけなかった。やっぱりラースはお父様の遺言に従っただけだったのだ。

「頼む、出てきてくれ。ちゃんと話し合いたい」

「ラースが浮気を認めて、わたしが今すぐ隠居することを承諾してくれるまで、ここを出る気はありません」

わたし達は十日間一度も顔を合わせず、扉越しでの会話のみの状態が続いている。そしてわたしはラースから提示される交渉には一切応じるつもりはない。と心を強く持って頑張っている、が。

「出てきてくれたらタコの抱き枕かぬいぐるみを作るよ？　ユイリーはタコ好きだろ？」

そ、そんなこと言って魅惑しないでー！　……こうなったら、ここは意地でも強いわたしを見せるのよっ！

「た、タコもカエルも好きだけど。ラースはもう好きじゃないわ……っ！」

「ユイリー……」

心を鬼にして叫ぶと、ラースが切なげにわたしの名前を呼んだ。

書斎部屋の中央に置かれたソファーの上で、膝を抱えてゴロンと横になる。なんとか堪えてラースを冷たく突き放したが……

やっぱり耐えられないー！　離れたくないー！　わたしって意志弱い！

とまあ内心はズタボロのボッロボロ。意気消沈して一人でぐすっと洟をすすっていたら、ラースの声が聞こえなくなった。扉から静かに遠退いていく足音に、どうやら本日の交渉は諦めたらしいと分かってホッと息をつく。

こんなやり取りがもう十日も続いている。

ラースはいつも扉の前で静かに声をかけてくるだけで、無理やり引っ張り出すとか、扉を蹴破るといったことは今のところ一切してこない。ただ毎日、扉の前に立って板一枚隔てたところから穏やかな口調で話しかけてくる。

ラースの浮気現場を目撃したあのときに、ジョブチェンジなんかしてないで、あのまま潔くさっさと隠居してしまえばよかった。明日もこんな調子なのかしらと、目元に溜まる涙を手の甲で拭って小さく丸まる。

「――やっぱり泣いてたのか」

突如、ソファーの真後ろから突然声が聞こえてきた。驚いて振り返ると、そこにはラースが立っていた。

「……あなたいったい、どこから入って来たのよ⁉」

「窓。ちょっと隣のバルコニーを伝ってきた」

「つ、伝ってきたぁ⁉　ここ二階よ⁉　ダメでしょ、そんな危ないことしちゃっ！」

ソファーから跳ね起きると、泣き顔のままラースに怪我がないかを確かめる。涙なんて吹っ飛んだ。驚きすぎて。

「そんなになっても俺の心配するんだ……」

ラースは呆れと怒りを含んだ様子で顔を顰める。不機嫌なオーラを感じてビクッと一歩下がろうとしたら、頬を両手で優しく包み込まれた。そのまま潤んだ目元にキスされて、涙を吸われる。

「っ！　離してっ。わたしに触らないで」

「十日も顔を見られなかったんだ。それは無理」

「心配した」と言って、ラースはわたしの両手を捕らえると、逞しい胸元に抱え込んでしまった。

「きゃっ⁉　いやっ、離してってば！　浮気してたくせに」

抵抗を強くすると、今度は身動きできないくらいギュッと強く抱き締められる。

互いの鼻先が触れ合うくらい近くまでその綺麗な顔を寄せられて、反射的に頬が赤くなってしまう。

「あっ。やだ、離し――」

「ユイリー、俺は浮気してないよ。俺が愛してるのはユイリーだけだ。信じてほしい」

ラースが抱き締める力を緩め、わたしの頬に手を伸ばす。その手をわたしは反射的にはね除け、きつく彼を睨みつけて腕の中から逃れようと試みる。しかし、大きな手であっさり両手を押さえつけられて、ドサッとソファーに押し倒された。

「……ら、ラースはなんとも思ってない相手とキスもエッチも平気でできるんでしょうけど、わたしは違うの！　もう名前で呼ばないで！　昔みたいに姉さんって呼び方に戻してよ！」

噛みつくように言って、両足をバタつかせながらラースを拒む。喉の奥に堅いものが込み上げてきて、息が詰まりそうだった。

ラースは一瞬傷付いたような顔を見せたが、次の瞬間怒りに目元を赤らめた。一気に体を寄せて覆い被さり、わたしの視界を埋める。

「関係を姉弟に戻せって？　冗談言うな！　こんなにっ……愛してるのに……！」

「え？　あっ」

わたしの手首を掴むラースの手はぶるぶるとわななき、瞳には激しい感情が浮かんでいる。声はいつもの彼からは想像もできないほど切羽詰まり、苦渋に満ちていた。

ラースの様子に驚いて固まっていると、彼はわたしの服に手をかけた。

ラースと関係を持つようになってからというもの、行為は一見獣のごとく激しく映る一方で、彼がわたしに触れる手はいつだって繊細で甘やかだった。不安を感じればいつだって至るところにキスをくれて、優しく髪を梳いてくれる。

激しく最奥まで穿たれ、一晩中抱かれ続けるのも、それだけ彼に強く求められていると思えて胸がいっぱいになった。

彼がそれを望むならいくらでも叶えてあげたい。そう思うほど、わたしはラースを深く愛していた。わたしに彼を拒否するという選択肢はないのだ。

そうして現在、下着もなにもかも脱がされて、わたしはラースの舌先で丹念に蕾を舐め溶かされていた。

「ラース、ぁっ……そんなとこ、あ、あっ。きたな、い……」

「……十日ぶりなんだ。ちゃんと濡らさないと怪我をする」

やっとそこから少しだけ顔を上げたと思ったら、そう言って目を細めた。怯むわたしの足を掴んで開かせると、再び硬く勃ち上がった蕾を舐め上げる。彼の舌が触れるたびに、電流のような快感が背筋を走り抜け、嬌声があがる。

ラースは舌先を膣口に差し入れると、溢れ出る愛液を、卑猥な音を立てながら吸い上げる。甘い愉悦に陶然とし、内ももがふるふると震えた。

まだなにも解決していないのに、ラースの与える快楽に身も心も溶かされてしまう。

いつもなら快感をやりすごすのにシーツを掴んでいるが、書斎のソファーの上では掴めるものがなにもない。わたしは無意識に目前にあるラースの髪を掴んだ。

「――ユイリー」

ラースが顔を上げた。

「あっ、ごめんなさい！」

反射的に謝り、髪から手を離した。強く引っ張りすぎてしまったかもしれない。

また注意されるんじゃないかと身を竦める。そうして裸で情けなくビクビクしていたら、

「ぁっ……」

ラースが大きく足を開かせたままの内ももを甘噛みした。思わず声をあげてしまう。わたしの反応を見て彼は薄く笑い、今度はペロリと舐める。

もどかしさに体を捩らせると、ラースがおもむろにわたしの足から手を離した。

「少し体勢変えるから」

「へ？」

言うなり、上半身を起こされた。

「ユイリー。手、後ろに回して」

「えっ？　こう？」

なぜ素直に言うことを聞いてしまったのか。

「あのぉ。ラース、さん……？」

命令し慣れたラースについ従って、大人しく両手を背中に回す。すると、そのまま後ろ手に拘束

される形で、ラースにうつ伏せで押さえつけられてしまった。

「大丈夫。ユイリーが怖がるようなことはしない」

いやいや、これって拘束プレイ、ですよね？　拘束してるのに怖いことしないとか嘘でしょ。

とか言う間もなく、ラースは床に両膝をついた。片手でわたしの両手を押さえながら、空いた方の手でわたしの太ももを掴むと、蕾に唇でそっと触れる。

次の瞬間、ジュッと音を立ててそこを吸い始めた。

「きゃあっ、待って！　……ぁっ、ラース、あ、ん、あぁっ」

先ほどより強い舌の感触に、快感で体がぶるぶる震える。気持ちいい。気持ちいい。気持ちよすぎてどうにかなりそう。

「ぁ、んっ、あ、あ、あ……は、っ！」

ラースが、勃起し充血する蕾に軽く歯を立てた。途端、強い悦楽が全身に襲いかかり、目の前がちかちかと明滅する。絶え間なく零れ続ける愛液をラースが丹念に舐め上げ、彼の唇が蜜でいやらしく濡れる。

嬌声をあげるわたしを見て、ラースは口の端を持ち上げると舌先を膣内に押し入れた。

「ああっ！」

中で蠢くラースの舌にビクッと体が跳ねる。溢れる愛液とラースの唾液が混ざり合い、ねっとりと陰部を濡らしていく。

ラースは舌を引き抜くと、赤く熟した突起を舌先でくるくると撫でた。膣内に指を差し入れ、弱

い箇所を念入りに攻め上げる。敏感な場所を一気に愛撫され、体を反らしながら必死に高まる熱をやりすごそうとした。しかし、

「――あぁ！」

瞬く間に絶頂へ押し上げられ、わたしは全身を痙攣させながら、生理的な涙をぼろぼろと零す。

ようやく拘束を解かれ、わたしは息を切らしながらソファーにくたりと横になってしまった。

ラースは床に膝立ちのまま、見せつけるように口元を拭って、静かにわたしを眺めている。

火照った体、全身を流れる汗、太ももを濡らす愛蜜。なにもかも見逃さないとばかりに、隅々まで見つめられ酷く恥ずかしい。

体を隠すように身を丸めると、ラースはわたしを優しく撫でた。それから彼は完全に衣服を脱ぎ、わたしを抱えてソファーに座り直した。

ラースの温かい胸元に身を任せて、その逞しい胸板に耳をつけると、一定のリズムを刻む彼の心臓の音が心地よく聞こえる。静かに目を瞑り、彼の心音に酔いしれるわたしを見下ろして、ラースは小さくため息を吐いた。

「ったく、そんな甘いと簡単に付け入られるぞ」

「ラース……？」

目を開けておずおずとラースを見上げると、ギュッと抱き締められた。熱く潤んだ瞳が眼前に迫り、耳の奥からどくどくと心臓の鼓動が響いてくる。

ラースは軽くキスを落として、するりとわたしの肩を撫でると、体を冷やさないよう自身の上着

をかけてくれた。ぶかぶかの上着からラースの香りがふわりと広がり、嬉しいような恥ずかしいような気持ちにさせられる。

「……ラースは、どうしてわたしが一回はイカないと止めてくれないの？」

「そんなのユイリーが可愛いからに決まってる」

頬を上気させながら尋ねると、ラースはそう言って拗ねたように目を逸らした。

彼の視線の先を辿っていると、ふとあるものの存在に気付いた。

あれ？　っと不思議に思って、ラースの上着を借りたまま膝上から下りる。

「ユイリー？　ちょっ、待てっ。どこ行くんだ⁉」

ラースの慌てた声と、後を追ってくる足音を聞きながら、わたしは小走りにラースが見ていた視線の先——書斎の壁の前に立った。そこは丁度扉のすぐ隣で、ラースはわたしが逃亡しようとしていると勘違いしたらしい。

「バンッ」と、ラースが壁に手をつく音が書斎に響いた。

驚いて肩を跳ねさせると、彼は耳元に唇を寄せ脅すように低く言う。

「ここでしたいなら構わないけど」

「っ⁉」

これって壁ドン⁉　とラースを振り向く間もなく、彼は唇を背筋に押し当てた。そして、秘所に指を突き立てる。

「きゃうっ！」

「そう簡単に逃がすと思ってる？　まだちゃんと、ユイリーの中に入ってもいないのに？」

「あっ！　待って、ラース！　お願……あぁっ！」

　ぞくりとするほど低い声は、静かな怒りと仄暗い執着を含んでいる。ラースは外耳を軽く食(は)むと、とりわけ敏感な場所を執拗(しつよう)に擦(こす)り上げ、わたしを何度も絶頂へと押しやった。

　指だけで幾度となくイカされたわたしは、もはや立っていられず、ぐったりとラースに支えられる。

「あ、あの……きゃっ！」

　彼はわたしの体を自分と向かい合うように反転させ、覆い被さった。太ももを割り開くと、わたしの中心に硬くそそり立つ屹立(きつりつ)を当てがった。

「ひっ！」

　そのままラースはグズグズに溶けたわたしの中を、彼自身でズンッと一気に貫いた。十日ぶりに彼を迎え入れたわたしの中は、彼の形をしっかりと覚えており、まるでそれを待っていたと言わんばかりに絡(から)み付き締め上げる。

　ラースは苦しげに眉を寄せ、わたしの体を力強く抱きすくめた。耳元でうわ言のようにわたしの名前を呼び続け、激しく膣内を揺する。

　愛しさ以外のなにも感じることができない。ラースが好き。困るくらい。

「あっ、あっ！　やだぁっ……ラースぅ、そんな、掻き混ぜないでっ――きゃっ！」

　膝がガクガク震えて立っていられなくなると、ラースはわたしの腰を掴(つか)んで、お尻ごとわたしの体を持ち上げた。普段から鍛えているラースなら、小柄なわたしを持ち上げて行為に及ぶことくらい、なんてことはないのだろう。ラースはわたしの背中を壁に押しつけるようにして、そのまま挿入を再開させた。

「あ、あ、やっ……ラース、ごめん、なさっ、あ、ああっ！」

足が宙に浮いているので、ラースの首筋に手を回して抱きつかないと、体勢が維持できない。

必死にラースにしがみつくと、ラースはさらに動きを速めた。ラースが腰を打ち付けるたび、肌がぶつかる乾いた音と、互いの体液が混じり合った水音が室内に響き渡る。

膣内から零れた蜜は太ももの内側をしとどに濡らして、汗と一緒に床に滴り落ちていく。

ラースは繰り返し腰を打ち付け、最奥を穿ち、飽きることなく何度も射精を繰り返した。わたしの中は彼の精でいっぱいで苦しいくらいだ。

ラースの激しい抽送が与える絶え間ない快感の渦に喘ぐわたしの唇に、ラースは舌を差し入れて、食らい尽くすように口腔内を蹂躙する。

唾液が口の端から零れ出るのをそのままに、ラースは熱に浮かされた目をして、夢中で唇を奪った。

暫くして、わたしが少し大人しくなると、ラースはようやく唇を離してくれた。肉食獣を思わせる金色の瞳が真っすぐわたしを射抜き、その瞳の強さに思わず身じろいだ。

「ラース、違うのっ……逃げようとしたんじゃなくて。っ！　ひぁっ……だから離し、ぁっ……——ああっ！」

言葉の途中で、ラースがまたグッと最奥を突き上げた。本能の赴くままに力強く律動する一方で、彼の顔はどこか悲しげに歪み、傷ついているようにも思えた。

「十日間も書斎に立てこもって、婚約した今も愛してるって言ってくれない人の言葉を、俺が信用するとでも？」

「それ、はっ、ぁ……ラース、がっ……あっ、あ、ああ」

「俺が？　なに？」

ラースはわたしの中で激しく動き、思うように話すことができない。ラースが突き上げるたび、逞しい褐色の肉体が熱を帯び、荒々しい獣みたいに体をまさぐられ、きつく唇を吸われる。

何度目か分からない精を吐き出した後、ラースはやっと抽送を止めた。一息ついたわたしは、キッと彼を見上げ怒鳴る。

「……う、浮気したからだもの！　だからわたしは……」

「逃げて不倫相手の元に行こうとした？」

「違うわ！」

ラースはふっと余裕の表情で笑い、わたしの胸元に顔を埋めた。胸の先端を口に含んで転がし、愛撫する。

口元に手を当て、必死に声を殺すと、ラースはわざと舌が見えるようにねっとりと舐め上げ、こちらをじっと見上げた。

完全に確信犯だ。

それもこれは……相当に怒っている。さっきまでの激しい情事からもそれは明らかだ。

「久しぶりでも反応は変わらないみたいだけど……俺の形をちゃんと覚えてくれるまで、今回はやめるつもりないから」

ん？　なんかラースがとんでもないことを言った。

「ら、ラースの形、もうちゃんと覚えてるから……！　だからっ――あぁ！」

宣言通り、ラースは再度ゆっくりと突き上げ始めた。

腹部の圧迫感に軽く息を吐き出すと、ラースがわたしの腰に回した手にキュッと力を入れた。綺麗な黄金色(おうごんしょく)の瞳の中に、涙を浮かべ頬(ほお)を上気させた自分の姿が映っている。

互いを見つめ合いながら自然と唇が重なった。

最初こそ慈しむようなキスだったものの、あっという間に食べられるみたいに激しいキスに変わる。

「……んっ、ぁ、あっ、ふっ……ふあっ」

互いの繋がりが深くなるように、離れないように、ラースはわたしの腰を掴(つか)んで硬い性器をさらに奥にねじ込む。繋がった部分の熱さに耐えかねて身じろぐと、ラースはわたしの体を押さえつけて執拗(しつよう)に突き上げる。

ラースが腰を動かすたびにグチュッグチュッと淫猥(いんわい)な水音が響いて、愛液と白濁が混ざり合い泡立つ。思わず縋(すが)るようにラースの首筋に回した手に力を込めると、

「――あっ！　ひぁっ！　ラースっ、ラース！　あ、あ、あ、んんっ」

応えるように、膣内を犯すラースの質量が増した。

ラースから与えられる全てが気持ちいい。愛おしい。

わたしの中にいるラースを感じるたび、彼がわたしを欲している気がして嬉しくなる。まるで繋がっているのが当然だと思えるほど、全ての感覚が心地よくわたしの中に溶け込んでいく。

「は、あ、はぁ、っ……あ、ぁんっ……」

ラースとこのまま一つに溶け合ってしまいたい。好きで、好きで、たまらない。ラースへの思いが胸の中で膨れ上がり、弾けそうだ。たとえ、ラースが最終的にわたしを選んでくれなくても、わたしがオマケでも、この気持ちはずっと変わらない。

芸術品のようなラースの綺麗な顔を潤んだ瞳で見つめると、彼は一瞬目を瞠り、すっと視線を逸らした。

「……あのさ、ユイリー。可愛すぎて困るんだけど。それ、わざとじゃない……んだよな。頼むからあまり煽らないでほしい。でないと加減がきかなくて、その……本当に困るからさ」

普段なら恥ずかしくて聞いていられない睦言に反応して、顔が真っ赤になった。

しかし、煽るとはなんのことだろう。

不思議に思って小首を傾げると、ラースは濡れた瞳を揺らめかせ、わたしの頬を撫でた。

「本当にわざとじゃないんだよな……」

ボソリと呟いて、また突き上げを再開した。

「あっ」

奥深くを抉られ、苦しさと快感で涙が零れ落ちる。反動で体を反らすと、胸をラースに差し出す形になり、先端を肉厚の唇に含まれた。舌先で転がすように舐め、扱き上げられる。

ぞくぞくとした快感が背筋を走り抜け、爪先まで力が入る。

「やっ……！　いやっ、ラース、やだぁっ……あっ……ふ、あぁっ」

空いた方の手で乳房をやわやわと揉みしだきながら、唇の隙間からラースの赤い舌先がチロッと覗く。硬く立ち上がった乳首を攻め立てる舌先が、とてつもなく卑猥に思えて、きゅっと子宮が疼いた。敏感になり過ぎた体が、ラースから与えられる愛撫に応えてビクッと震える。

「んっ……はふっ……あ、ん、んっ……」

強すぎる快感から逃れようと身を捩らせると、腰を強く掴まれて引き戻されてしまった。

「そう簡単に逃がさないよ」

獲物を捕捉する獣の目で見つめられて、ゾクッと背筋に悪寒が走る。

「あっ……」

じわりと胸中に広がる恐怖で言葉を失うわたしに、ラースはくすりと妖しく笑う。

首筋や乳房、耳朶と至るところを優しく吸いながら、乳首を指で捏ね回し、乳輪をくるっとなぞった。先ほどから続く執拗な胸への愛撫に、乳輪は赤く色づき、先端はツンと立ち上がり、ラースの唾液にまみれていやらしく光っている。

そうしている間もラースの抽送は続き、わたしを翻弄する。

「あぁっ！」

彼が中の敏感な部分を攻め立て、自然と屹立を締め上げてしまう。ラースがなにかに堪えるように切なく瞳を揺らし、腰を掴む手に力が入った瞬間、ビュクッとわたしの中で果てた。

膣内に温かなものが広がっていく。

また一番深くまで入れられて、子種を植え込まれてしまった。

ラースは胸先から唇を離して、涙目になったわたしの顎をペロッと舐めた。驚いて見返すと、慰めるように今度は鼻先にチュッと優しくキスされる。

そうしてわたしを抱えながら、こちらを見つめているラースの表情は心配しているようにも、少し後悔しているようにも思えた。

行為中の睦言を鵜呑みにするほど、わたしだってバカじゃない。でもそんな理性ではどうにもならない感情に流されて、わたしは目の前の好きな人に抱かれることを選んだ。

「お願い……優しくしてほしいの」

ベッドに連れていってほしいと直接言えないわたしの精一杯を、ラースは受け止めてくれる。

「……分かった」

ラースは自身をわたしの中から引き抜くと、名残惜しげに陰唇に擦りつけた。軽く互いの性器が擦れ合い、もどかしさに腰を浮かせる。

ラースはわたしをソファーまで連れていき、壊れ物を扱うようにそっと下ろしてくれた。

それから彼は簡単に服を着て、自らの上着でわたしを包み込み軽々と抱き上げた。そのまま書斎を出ていこうとする。

「あ、ちょっと待って」

「？」

怪訝な顔をするラースに、わたしは書斎の扉の壁紙を指差した。

「今まであまり気にしたことなかったけど、この壁紙、ラースが家に来たときお父様が貼り替えるよう指示したの。ローシェンヌの花が描かれてるって今まで気付かなかったけど、ラースは知ってたのよね？　さっき見てたでしょ？　目を逸らしたとき」

ローシェンヌはラースの故郷、ローツェルルツの国花で、春になると小さなオレンジ色の花を咲かせる。それが書斎の壁に描かれていた。

それまで壁には無地のものが使われていたのを、汚れたわけでもないのに、急にお父様が変えさせた。確か、鼻唄交じりにとても楽しそうに見学されていたっけ。

それを子供ながらに不思議に思っていたことも、わたしが引きこもりになって書斎と自室にこもる前までは、勤勉なラースがよく書斎を使っていたことも、ようやく思い出した。

ラースにお姫様抱っこされたまま、ポンポンとあの頃を懐かしむように壁紙に触れてラースを見上げる。彼は酷く驚いた顔でわたしを見ていた。

「ユイリーがさっきここまで来たのは……逃げようとしたんじゃなくて、これを確認するためだったのか？」

「ええ、だってラース、このお花好きでしょ？」

微笑みながら聞くと、なぜだかラースはぎゅっと唇を引き結び、苦しそうに顔を歪めた。

あれ？　好きじゃなかったのかしら……

あれからラースの自室に連れていかれたわたしは、流されるままベッドに組み敷かれて、肌を重ねてしまった。それも一回では飽き足らず、結局何度も抱かれて朝を迎え……

ううっ。わたしってやっぱりラースに弱い。

「は、離しなさいっ！」

「やだよ」

ラースは朝が苦手だ。

そのせいか、今もまるで子供みたいに返しながら、腕をわたしの腰にガッチリと回し起き上がろうとしない。エッチが終わっても、ラースが一向にわたしを離してくれない……というのは普段とさして変わらないこととして、問題はそこじゃなかった。

「もうっ！　こんなことで騙されないんだからーっ！」

「……うるさい……朝っぱらから元気だな、ユイリーは」

仲直りのエッチで少し関係が修復されたものの、ラースの浮気疑惑はまだ晴れていない。

シーツを体にぐるぐる巻いて、腰に回されている腕をベリッと引き剥がし、ベッドから出ようとする。しかし、ラースの手が素早く伸びてきて、わたしの腕を引きベッドに組み敷いた。

「きゃっ！」

潰されたっ。重いー！　…………なんて、嘆いてる場合じゃないのよ。

わたしはキッとラースを睨み上げ、彼の肩を押し返す。

「……キス、してたでしょ？　廊下で。わたし見たのよ？」

このままではまた有耶無耶にされて終わってしまう。今のうちに問い詰めなくては。

わたしが彼と令嬢の逢瀬を見たことを告げても、ラースは表情一つ変えない。

「してないよ。されそうにはなったけど、ちゃんと躱した」

嘘だ……この人、絶対浮気してる。わたし、信じない。

疑いの眼差しをラースに向ける。ジトーッと無言で見つめていたら、ラースが喉の奥で小さく笑った。

「ねえ、俺の子供ができているかもしれない人を逃がすようなこと、俺が本気ですると思うの？　それもユイリーは俺の正式な婚約者なのに」

優しく穏やかに微笑むラース。その余裕は、いったいどこから来るんだろうか。自分ばかりが必死になっているようで、悔しくなったわたしはぷいっと目を逸らした。

「でもそれはラースが無理やりしたんじゃない……！」

「それでもユイリーは俺の正式な婚約者だ。たとえユイリーに他に想う相手がいたとしてもそれは変わらない。だから近々、遺言通り俺の妻になってもらう。これは決定事項だ」

冗談でしょう？　と目で問いかけるがラースは全く取り合ってくれない。

「……わたし、遺言のオマケなのに？　本当に愛してるのはわたしが害虫防止スプレーを浴びせたあのご令嬢なんでしょ？　ラースがそう言ってるのはっきり聞いたのよ」

ラースの言葉を思い出し、悲しさが胸に込み上げる。涙が溢れそうになるのを必死に堪えていると、ラースが辛そうに顔を歪め、目を伏せた。

「ごめん。今は説明できない。でも俺が愛しているのはユイリーだけだ」

「…………」

説明できないってなによ。

納得できず、モヤモヤした気持ちが胸の中に広がっていく。そのとき、ラースがコツンと優しくおでこを合わせてきた。

「信じてほしい、俺はユイリーだけだ。浮気なんてしてない。だから……俺から逃げないでほしい」

居場所のない子供のように不安な表情を浮かべるラースに絆されて、危うく「うん」と頷きそうになる。

「に、逃げるもなにも……人をヒキガエルみたいに潰しといて……」

そうブツブツ言いながら、わたしに覆い被さる褐色の逞しい胸元を押して、必死に藻掻く。ラースはわたしの両手を片手で掴むと、指先に軽くキスを落とした。

「動けないくせに無理するな。昨夜も散々抱いたから、立つと中が零れるぞ。まあ出したいなら止めないけど」

ラースの言葉にわたしはピタリと動きを止めた。

出る。出るとは……いくら泣いても止めてくれずに、わたしの中に遠慮なく放出しまくった、あの白い液体のことですね？

「ひどい……こんなふうにしたのはラースなのに……」

「そうだな。ユイリーが今動けないのは俺のせいだ。まあ、でも――」

ラースはそこで言葉を切り、にやりと笑った。

「な、なによ」

彼は時々とても意地悪だ。

でもここで弱音なんか吐いちゃダメよ！　弱ったところなんか見せたら、またラースに丸め込まれるに違いないんだから。

心を強く持とうと懸命に、わたしは虚勢を張った。下手に反応して笑われるなんて御免だと思いながらも、腰が引けてしまうのはどうしようもない。

「出したらその分入れ直すからいいよ、立っても」

「――っ!?」

つまり、立ったらまたエッチするってこと!?

本気で怯えた顔をしていたのだろう、ラースはクスクスと可笑しそうに笑った。こっちは真剣に話しているのに、ラースは平然としている。

「俺を怖がってるユイリーは見てて可愛いし楽しいけど……」

彼は囁き（ささや）ながら、妖艶な笑みを浮かべ、さらにわたしとの距離を近付けた。

それ以上は接近禁止！　今すぐわたしの上からどきなさい！

……そう、できるものなら言いたかったけど。うん、無理だわ。だって、さっきからラース、すごく男の人って感じがして怖いんだもん。

とても言えないわよー！　ああ、自分が情けない……

「……ラース、とっても意地悪だわ」

「ごめん。ユイリーが好き過ぎて加減ができない」

そう言って苦笑するラースは、なぜだかとても幸せそうで穏やかだ。

そんな息するみたいに好きとか言われたら、これ以上なにも言えなくなるじゃないのよ。でも、ひょっとしたら……油断してそうな今が逃げるチャンス？

ふと閃いたわたしはラースの下から脱出しようと、身を捩ったのだが——残念。あっさり元の位置へと引き戻されてしまった。

「っ！　あっ、や……！」

そしてラースは膣口に硬くそそり立つ自身をあてがい、躊躇することなく挿入した。

昨夜の熱が燻ったままのわたしは、なんなく彼を受け入れ、その熱に中が歓喜する。ラースは繋がりを深くするように腰を掴み、激しく抽送を繰り返す。

いつも行為は突然始まるため、わたしは逃げ出すタイミングを失い、毎回ラースが満足するまで受け入れ続けることになってしまう。

そうしてラースが何度目かの射精を終えた頃。少し落ち着いてきたところで、わたしはベッドの上に寝そべりながら、ラースの頬に手を添えて改めて向き合った。

「どうして……こんなに沢山するの？」

「………」

「ラースはそんなに子供が欲しいの？」

いくら婚約したからといって、ラースらしくないというか。

この「監禁生活一ヶ月」と、昨日までの「ジョブチェンジ立てこもり十日間」に思っていたことだけど、ラースの様子がおかしい。まあ、エッチなのは相変わらずだけど。

これまでにもわたしは、何度も同じ質問をしてきた。しかしそのたび、ラースは少し考え込むように難しい顔をして黙ってしまうのだ。

「ラース？」

「ごめん……」

仕方ない。ここは物わかりのいいお姉さんとして話を聞くしかないか。

「あのね。ずっと小さい頃からラースのこと見てるんだから、ラースの様子がおかしいことくらいわたしに分からないと思う？　だからもし、なにか悩みがあるなら話してほしいの」

ここまで長期間、束縛するなんて本当にらしくない。

いつものラースだったら、わたしがどんな我が儘を言っても、ぶつぶつ文句を垂れながら素直に聞いてくれる。基本的にわたしの嫌がることを、絶対しないのに。

わたしがエリオス様と不倫してるって誤解して、それに嫉妬（しっと）しているからだと思ったんだけど……うーん、なにか違う気がするのよね。

「ラース……？」

ほらどうぞ、と無邪気に悩みを受け入れる感じで両手を広げる。すると、なぜだかラースが悔しそうに目を細めた。

「……いいからもう黙って」

「っ……！」

低く囁いた彼は、わたしの顎を掴み、強引に口づけをした。

ラースの汗で濡れた褐色の肌が、室内に差し込む光に反射してキラキラと輝いている。わたしの胸元に舌を這わせ、愛撫しながら下がっていくラースの優美な指先が、わたしの太ももを掴んだ。

足を大きく押し広げ、熱く昂る楔を突き立てる。

「んっ……あ、いやぁっ……お願い、待って……」

「駄目だ。まだ終わらせない」

「あ、あ、んん……は、う」

圧倒的な質量に翻弄され、体中から汗が噴き出す。媚肉が甘く疼き、彼をぎゅうぎゅうと締め上げた。

ラースの熱い吐息が耳朶をくすぐる。彼の乱れた息遣いを聞くたび、食べられているような感覚に逃げ出したくなる。

鍛え上げられた体が激しく前後し、褐色の肌から滴る汗がわたしに落ちる。そのわずかな刺激でさえ敏感に感じ取り、小さく喘ぎ声を漏らした。

ラースはわたしの首筋に唇を落として、耳元で優しくわたしの名前を囁きながら耳を甘く噛む。

とめどなく蜜を流す膣内を、ラースは何度も執拗に攻め立て続けた。

「ふぁ、待って……おねが、い……ああ、ん」

「好きって言ったら待ってもいい」

泣いて許しを請うと、決まって「好き」と言うよう促される。けれど結果的に、何度好きだと言っても、ラースはわたしを離してくれないことがほとんどだ。

「…………」

「ユイリー、言って」

「……ぅ……き……」

せめてもの抵抗で、ものすごく小声で言ってみた。

「聞こえない。もう一度言って?」

甘えるようにラースは囁いた。

両肘をベッドに付け、ラースが体をこちらに預ける。ズシッとした重みとしっとり濡れた肌の熱さが心地いい。ラースの長い金髪が、さらさらと零れ落ちる。その綺麗な髪に触りたくて、頭に手を伸ばして撫でると、彼の瞳が戸惑いを帯びて小さく揺れた。

切なく甘い感情が込み上げ、爆ぜる。

「……ラウレンティウス、あなたが好き」

「っ」

ラースの髪は一見すると硬質だが、触れると柔らかくて指に馴染み、気持ちいい。

驚いたラースの顔が可愛くて、彼の頭を撫でながらもう一度尋ねた。

「だから全部話して？」

ラースは浮気してない。わたしのこと愛してる。ラースがわたしを求める手はずっと優しくそして切実で、愛を伝えることに必死だった。だから、わたしはラースを信じることにした。

「……このタイミングで名前呼ぶとか……反則だろ」

「えっ？　――きゃっ」

ラースは諦めたように小さく笑うと、腰を激しく動かして、再びわたしを愛し始めた。中を抉るたびに膨らんでいく熱塊が深々と膣内を侵食する衝撃に堪えながら、わたしは結局、答えをもらえないままラースを受け入れるのだった。


そうしてラースが満足するまで一時間ほどかかっただろうか。

「ぁっ、いや、もっ……あ、あああ」

「もう限界？」

「ふぁっ、ぁ……ラースっ、あん」

涙目で「もう無理」と見つめると、ようやくラースが肩で荒い息を吐きながら、性器を抜いてベッドから立ち上がった。

「――ぇ？　あ、……どこ、行くの？」

拍子抜けして話しかけると、

「少し用を済ませてくる。すぐ戻るよ」

「はぁ。ラースって、本当に……」

「本当に、なに？」

あれだけ激しく愛された後に、こうもあっさり離れられると空しくなるじゃないの。

「なんでもないわ」とわたしが首を横に振ると、ラースは床に散乱していた自身の服を拾い上げ、手早く身に着けていく。

手持ち無沙汰に枕を触りながら「待つってどのくらい？　どこ行くの？」と、また懲りずに聞いてみた。けれど、ラースはわたしの頭に手を置いて、言い聞かせるように「いいから少し休め」と口にして、そのまま部屋を出ていってしまった。

ラースの背中を見送り、扉が閉まると、なんとも言えない気持ちに襲われる。彼が出ていった扉に枕をボンと投げて、その不満をぶつけた。

「……ここまで来たら、もうアルフレッドが持ち帰ったＢＬ本を見せて、わたしが腐女子だって本当のこと言わないと」

アルフレッドがわたしのＢＬ本を取りに出ていってから十日以上経つ。別邸までは片道四、五日。もう戻ってくるはずだ。

いかにしてわたしが腐女子であることを打ち明けるか、今後の計画を真剣に立てていたら——

コンコンッと扉をノックする音が聞こえてきた。

「ラース？　随分早かったわね…………ん？」

そこではたと気付いた。

ラースなら自分の部屋に入るのだからノックはしない。アルフレッドは情事の最中やその直後には、けして姿を現さない。ということは、きっとジェーンだ。

以前提案されたいやらしい下着に続いて、今度はどんなものを持ち出すのかと、わたしは扉の前に散乱した枕を眺めながら呑気に思っていた。

そして、扉を開けて入ってきた人物にわたしは目を瞠（みは）った。

「……ジェーンじゃ、ない……？」

扉の前に立っていたのは、知らない女性だった。

「失礼いたしますわ」

許可を出す前に勝手に入ってきた彼女は、ベッドの上に座り込んでいるわたしと目が合うなり、ふんっと鼻を鳴らして笑った。

「取り込み中なのは知っておりました。ですが、廊下まで聞こえていた喘（あえ）ぎ声が止みましたのでこうし――」

「あ、枕」

「はぁっ？　なんの話です、――のぉっ!?」

「お足元にご注意ください」と言う前に、彼女は八つ当たりで扉に投げつけられ、床に落ちた枕に足を取られてステンとコケた。

「きゃーっ⁉」と悲鳴をあげて頭から床に突っ込んでいたけど、大丈夫だろうか。

彼女は暫く床に突っ伏していたが、やがて気を取り直したように顔を上げ、枕をゴミでも捨てるようにポイッと放り投げた。そうしてようやく立ち上がろうとしたとき、今度は彼女の足元でビリッとなにかが破れる音がした。

「「……ん？」」

互いに確かめ合うように、目線を思わず交差させる。

ふふふ、だって嫌な予感しかしないんだもの……――って、きゃぁぁあ！

お、女の人のドレスに大穴がっ⁉

ドレスの裾が股の辺りまで大胆に破れて、レース使いのパンティーがチラッと覗いていた。

わたしの投げた枕のせいで、知らないご令嬢のドレスが台無しに……

罪悪感があり過ぎて体がガタガタ震えてしまう。こんなことがラースに知られたら……絶対めちゃくちゃ怒られる！

「だ、大丈夫ですか？」

「……わたくしとしたことがお恥ずかしい」

彼女はぐっと奥歯を噛みしめ、真っ赤に染まった顔を背けた。両手で必死に破れた裾を寄せる姿がなんとも哀れで、思わずわたしは同情の眼差しを向ける。

「あー、お恥ずかしいのはシーツを巻いただけのわたしというか……できれば日を改めてお越しいただけるとありがたい……」

話している最中に遠慮なくこちらに歩いてきた女は、けっこうな美人さんだった。

目鼻立ちがハッキリしたお顔立ちだから、平凡なわたしよりよっぽどモテそうだわ。キツめな美人って感じ？　どうにも間抜け過ぎてこっちの気が抜けてしまうけども。

……それにしても、彼女の顔、どこかで見たことがある気がする。

「えーっと、新しいドレスを用意させましょうか？　というかお名前は……？」

「イヴリンと申します。それとドレスは結構ですわ」

イヴリンと名乗った女性は、とんだ災難により出鼻をくじかれて、本来だったらその真っ赤な顔を隠すための扇を、局部に当てて破れた箇所を隠している。

でも、本当に……それでいいのだろうか。

見ているこっちが心配になってくるくらい、色々恥ずかしい状況だわ。まあ、わたしじゃどうにもできないけど。

「あら、ラースのお姉様には少し香水が必要なようですわね？」

彼女はベッドに座り込んでいるわたしをスンスンと嗅ぐ仕草をして、わざとらしく眉根を寄せる。

「丁度わたくし手持ちがございますの」

そう言って、ドレスのポケットから取り出した香水を、プシュプシュと無遠慮にわたしの体にかけていく。突然なんの断りもなく香水をかけられて、思わず呆けてしまった。

わたしは臭い物に蓋の精神だけど、この人は臭いものに香水の精神なのかしらと、されるがままになっていたら、フルーティーな柑橘系のいい香りが全身を包んだ。ちょっと肌がピリッとしたように感じたけど至って普通の香水だ。

「……ありがとう、ございます？」

ついさっきまでラースとエッチしていたから汗臭いのかしら？　でも、そんなに率先して香水をかけたくなるくらい臭う？

腕や胸元を嗅いでみても自分だとよく分からない。

「あの、イヴリンさん？　ちなみにラースとはどういったご関係で？」

すると、聞くなり勝ち誇った笑みを浮かべたイヴリンさんが、扇を口元に持っていってパタパタさせた。

あのぉ……パンティーが丸見えです。ちなみに色は白。清純派？

と、なんとなくチェックしながら、視線を向けていたら気付いてくれたらしい。イヴリンさんが慌てて扇を局部に当て直したので、わたしはパンティーから彼女の顔に視線を移した。

じっと彼女を見つめていると、ふとあることに気が付いた。

「……イヴリンさん、あなたラースとキスしてた……化粧が濃いご令嬢に似てる……？　あ」

ヤバい。心の声がダダ漏れに。というかなんだか色々間違えた。

「け、化粧が濃いですってぇッ!?」

「ご、ごめんなさい、思わず……その、間違えて……」

凄まじい剣幕で怒っている。どうやらわたしは相手の急所を突いてしまったらしい。

でもあれ？　怒ってはいても否定してこない。ってことは、もしかしてビンゴっ？　やったぁ！

大当たりっ。この人がラースの浮気相手なのね！

イヴリンさんのことはこれまで二回、目撃している。最初はラースがご令嬢達を連れ込んでいたところをわたしが突撃し、害虫防止スプレーを浴びせたとき。そして、先日彼とキスしていたときの計二回だ。

だが、そのどちらも少し距離が離れていたし、わたしも気が動転していてしっかり顔を確認する余裕はなかった。

それにドレスが破れるまで、扇で半分顔を隠されていたからすぐには気付かなかった。

よく気付いたわ、わたし。よしよし——って、誉めてる場合じゃないっ。

というか、肝心のラースはどこ行った⁉

「お分かりにならないかしら？　ラースが本当に愛しているのはわたくしですのよ？　ラースはわたくしを抱くと朝まで離さないんですの。最中も沢山愛していると囁かれて……」

イヴリンさんはふんっと馬鹿にしたようにわたしを笑い、きつく睨みつける。

途端にわたしの中で対抗心がメラメラと燃え上がる。消火しないと。

「——つまり、ラースとはそういう仲だと？」

「貴女はわたくし達にとってお邪魔虫なのですわ。ハッキリ言われないとお分かりにならないくらいお姉様はおつむが弱いのかしら？」

「虫っ⁉」

「反応するのはそこなのですか？」

ラースには泣き虫と言われ、浮気相手にはお邪魔虫と言われ……わたしはムッと顔を顰めた。

呆れたようなイヴリンさんの口調も、なんだかラースと似ていて余計に腹立たしいわ！

仕方ない。一向に戻ってこないラースのことはこの際忘れるとして、売られた喧嘩は買おうじゃないの。修羅場が始まりますわよ——っ！

「ハッ！」

「——お姉様？　お姉さまぁー？　もしもーし？」

「あぁっ、よかったですわ。急にボーッとされて、いかがなさいましたの？　それと……そろそろその緩い頭でも理解の方は追いついていらっしゃいました？」

「……ええまあ」

なんかいちいち癪に障るけど、ひとまずここは大人しく頷いておこう。こくりと頭を縦に振ったわたしを見下ろして、イヴリンさんは、はあっとわざとらしくため息を吐いた。

「どうやらまだご自分の立場がお分かりになっていらっしゃらないようですわね」

「立場、ですか？」

「わたくしとラースは相思相愛ですの。それをお姉様が邪魔していらっしゃるのですわ。つい最近までお姉様がご当主でいられたのは、ラースの力添えがあったから。貴女が有能だからではないのは身に染みて分かっていらっしゃるでしょう？」

「わたしは……」

言葉に詰まる。ほとんど面識もない相手にここまで扱き下ろされても、ほとんど当たっているからなにも言い返せない。

「なのに当主の座をラースに引き継いだその日に、彼と婚約ですって？　最初はわたくし、ラースに裏切られたのだと怒りに体が震えましたわ。でも、わたくし分かりましたの」

「……なにが分かったのですか？」

「お姉様、貴女はラースに家督を譲る条件として、ご自身との結婚を無理やり承諾させたのでしょう？　そうでなければ、ラースがわたくしを袖にするなどあり得ませんわ」

「………へ？」

彼女の言葉にぽかんと口を開けて、思わず間抜け面を曝してしまう。

――って、えー、わたしが？　ラースを？　いえ、あの、ラースがわたしを無理やり婚約者にしたのですけれど……

違うと否定すればいいのだろうか。あまりの誤解にわたしが目を瞬かせたのを、イヴリンさんはどう捉えたのか、ふふんと鼻を鳴らして勝ち誇った笑みを見せた。

でもなぜかしら……先ほどから誹謗されてるのはこちらなのに、なんだかとってもイヴリンさんが痛々しく見えてきた。

「この泥棒猫っ！　ずっと引きこもってばかりの冴えない女だと思っていたら、とんだ淫乱女ですわね！　それも、ラースの義理の姉という立場を利用するなんて最低です。出来損ないの分際で、厚かましいにもほどがありますわ！」

イヴリンさんは目を剥いて、喚き散らす。完全に自分の主張が正しいと思い込んでいるようだ。

ああこれはきっと、わたしが図星を突かれて動揺したと思ったのね。

次いでイヴリンさんがなにか閃（ひらめ）いたようにポンと軽く手を打った。元気がいいし活きもいい。この人きっと、お魚だったらぴちぴち跳ねるタイプだわ。

「そうですわ！　わたくし、ピッタリの呼び名を思い付きましたの」

「…………」

今度はなにを思い付いたのよ……

ため息を吐きたい気持ちをぐっと抑えこんで、黙って彼女を見上げる。

「——尻軽女、なんていかがですの？　出来損ないの、男に媚びるしか能のない貴女にはお似合いの、低俗なお名前ではなくて？」

イヴリンさんは得意げに言って、高らかに笑い声をあげた。

——チッ、この人……めちゃくちゃウザい。

「そうですか。分かりました」

「ふふっ、ようやく分かっていただけたようでなによりですわ」

「あなたは、ラースのことが本当に好きなのね」

「は？　ですから先ほどから、わたくしとラースは愛し合っていると話しているではございませんか」

公認の婚約者を全力で排除しようとやってくるなんて、相当の覚悟がなければできない。とことん馬鹿にされているのは、わたしにラースと肩を並べるだけの実力がないからだ。それは自分自身が一番よく分かっている。

「確かにわたしは名ばかりの当主という肩書きに守られていました。ラースに助けられるばかりでわたしは結局なにもできなかった」

「あらまあ、では出来損ないのご自覚はおありのようですわね」

「…………」

ここまでけなされても、不思議と頭の中は醒めていくばかりだった。怒りの感情というよりも、別の思いがわたしの中で湧き起こっていく。

じっと彼女の顔を見つめると、イヴリンさんは居心地が悪そうに身じろいだ。

「な、なんですの？」

「皆に出来損ないって言われても仕方ないくらい、自分がダメだってこと分かってるわ。ラースにわたしが相応しくないことも。それでもラースがわたしを選んでくれるなら、わたしは彼を手放す気なんてこれっぽっちもないのよ」

ラースが本心で婚約者としてわたしを望むなら、全力でそれに応えたい。

色々引っかかることはあるけれど、わたしはラースが好き。愛している。だからごめんなさい。あなたにラースは譲れないの。

自意識過剰で恥ずかしい台詞だけど、そう臆することなく伝えると、イヴリンさんが足元に転がる枕をグシャッと踏み潰した。真っ赤な顔でブルブルと怒りに体を震わせながら、殺気立った目をこちらに向けてくる。

「はっ……お姉様のお噂は聞いておりましたけれど、まさかここまでとは……」

図々しいっと忌々しげに舌打ちをする。わたしは彼女の怒りに怯むことなく、凛と背筋を伸ばして返した。

「わたしに関する噂？　それはどのような？」

「ラースのお姉様はおこがましくも当主の座についた、極悪な性格のカエル姫」

ああ、それね。知ってるわよ、自分に関する陰口くらい。

なにを今更。ノーダメージよ、ノーダメージ。というかそれ、半ば事実だしね。

肩を竦めて小さく笑うわたしを前にして、彼女は目を吊り上げて続ける。

「それもカエルを使って使用人いびりに日々励んでいらっしゃるとか？　寝るときもカエルを手放さない、とんでもないご令嬢だと聞き及んでおりましたの」

寝るときもって……多分それ、抱き枕の美ガエルちゃんのことよね？　それが毎日生きたカエルと一緒に寝てるって……わたし、世間ではそう思われてるのー!?

これは初耳な上に大ダメージだわ。そりゃまあ、カエルは好きだけど……。わたしのカエルへの執着、どれだけ深いと思われてるのよぉっ。

ショックを受け、黙りこくるわたしの反応に満足したのか、イヴリンさんはまた局部に当てていた扇を口元に持っていきパタパタと煽いだ。完全に勝利の愉悦に浸っている。

もうあなたのパンティーは見飽きたのよっ！　白でしょ？　白っ！　と、頭の中で喚き散らす。

それでもパンティーに目が行くのはなんでだろう……と不思議に思った瞬間、我が目を疑った。

なぜなら彼女の下着の隙間から、なにかがこちらを向いて出てきたからだ。

「………それって、なあに？」

太くて長い。局部からにょろっと出たあの形……アレは男の人のナニ、よね？　色は人によって違うのかしら？

ラースのしか知らないから比べられないし、比べようがないし……。比べてみたいって言ったら確実に怒られるわよね……

「こ、これはその……」

まじまじとソレを見つめていると、彼女は明らかに動揺を見せた。

そんなに焦っているということは……やっぱりそうなのね。

「り、立派なモノをお持ちのようで……」

頬をポッと赤らめて、とりあえず褒めてみた。

どうやらあの場所から出ているアレはナニで間違いないようね。もしかしてドレスが破れたとき下着にもダメージがあったとか？　それが今になってまろび出てしまったと？

まさか化粧が濃い女じゃなくて化粧が濃い男だったとは……。そっかぁ。リアルＢＬかぁ。

確かにわたし、ＢＬ大好きだけどこれは……反応に困るわね。どうしよう。

「な、なにをおっしゃっているのですっ⁉」

「えっ、なに？　どうしたの？」

「とんだ破廉恥女ですわねっ！　これはそんなモノではございませんわっ！」

「違うの？　BLじゃないの？」

「当たり前ですわっ！」

なんだー。BLじゃないんだー。ちょっとざんね……じゃなかったわ。じゃあ、あの立派なモノはいったい？

「悪かったわね。自分が破廉恥なのは十分知ってるわよ。でも、じゃあいったい、それはどんなモノだって言うのよっ！　ちゃんと説明しなさい――って、えっ？　や、やめて！　やめなさい！あ、あなたっ、まさかそんなことっ⁉　キャ――っ！」

突如、イヴリンさんが股間から覗いているそれをビューッと一気に引き出した。

そんなことしたら大事なナニがっ、傷物にぃーっ⁉

流血を想像して思わずギュッと目を瞑っていたら、

「――ユイリー、大丈夫か？」

すぐ傍で優しく名前を呼ばれて、わたしはゆっくりと目を開けた。

「……ラース？　あなたいったいどこから……」

ラースがわたしとイヴリンさんの間に立っていた。わたしを庇うように背を向けているから、その表情は見えない。しかし、なんともいえない安心感に、緊張して強張っていた体の力が抜けていく。

「扉に鍵がかかってたから、バルコニーを伝って入った」

「と、扉に鍵っ⁉」

いつの間にそんな小細工したのよ……この化粧が濃い女――っ！

じゃなかった。男――っ！

「バルコニー伝うとかまたそんなことして！　そんな危ないことしちゃダメって言っ………それ、まさか……」

ラースが手にしているモノにギョッとして、ゴクリと喉を鳴らす。

「…………へ、ヘビ？」

首筋を冷たい汗が伝う。

「え、なんで？」

見ると、イヴリンさんが目を見開いて棒立ちになっている。ちらりと彼女の下半身に目をやると、先ほどまであったナニが跡形もなく消え去っていた。

えーっと、もしかしてそのヘビがイヴリンさんのナニ？　というか、彼女はやっぱり男じゃなくて女なのね。あー、びっくりした。

「ユイリー、下がって」

「ラース……？」

警戒心を露わに表情を険しくするラースが、ベッドに座り込んでいるわたしの視界を遮るように、ヘビを持った手をサッと翳した。

というか、わたしはラースに捕まっているヘビが気になって仕方ない。色も形もなんだか男性のアレに似ている……「一物ヘビ」をジーっと見つめる。

「ユイリー、その……ヘビを見るのはちょっと控えてくれないか？」

緊迫した場にそぐわないわたしの視線に気付いたラースに注意されてしまった。

ラース、こっち見てないのに。穴が空くくらいヘビをガン見してるって、どうして分かったのかしらねー？

「ユイリー……？」

「はい、ごめんなさい……」

まだ見てるってバレたらしい。

でも、あのヘビがアレに似すぎているのが悪いのよっ。そんなの目の前にあったら誰だって見るじゃないの！　わざとじゃないのにっ。

ラースの手に捕まれたままのヘビが、赤い舌をチロチロとさせている。

なんかちょっと可愛い……。もらっちゃダメかしら？　まあ、くれるわけないわよね。

物欲しそうにまた一物（いちもつ）ヘビを眺めていたら、ラースはとうとうわたしから見えない角度にヘビを隠してしまった。

「あぁっ！」

悲しそうな顔をしても、ラースは全く取り合ってくれないし、なぜだかイヴリンさんはポカンと口を開けてこっちを見ているし。状況はカオスだ。

「ラース、あなたのお姉様って……」

「………」

彼女の問い掛けに、ラースまでなんとも言えない難しい顔をして押し黙ってしまった。そして、哀れみを含んだ視線を二人してこちらに向けてくる。

「え、なに？　なんで二人してそんな目でわたしを見るのよー？」

「このような状況でヘビにばかりご興味を持たれるお姉様が、あまりに能天気で間抜けなので驚いただけですわ」

「……それ、ドレスを破いて下着丸見えにしちゃう人に言われたくないんですけど」

思わず喧嘩腰に言い返したところで制止が入った。

「……ユイリー、頼むから黙ってくれ」

ついにはラースにも呆れ口調で言われてしまった。

二人がかりで責められているような状況に、プッチンとわたしの中で溜まっていた不満が爆発する。

「なによ！　わたし、さっきからずっとこの人と、ラースの様子がおかしい理由に関係があるんじゃないかって、色々問い詰めたいの我慢してるのに……ちょっとナニに似てる可愛いヘビに興味を持っただけじゃないっ！」

「ゆ、ユイリー？」

怒りのままに叫ぶわたしを見て、ラースが目を瞠（みは）る。

「いつもそうやって子供扱いして……保護者面して命令しないでよ――ッ!!」

グスグスと鼻をすすりながらラースを睨（にら）みつけると、彼は頭痛に耐えるように額を押さえていた。

――あ。またわたし、やり過ぎたんだわ。

もう書斎か自室に一人閉じこもって、タコ茹でをもっきゅもっきゅと食べていた、あの日々に帰りたい。

「ユイリーごめん。違う。そうじゃないんだ……あぁ、くそっ……！」

あ、不味い。わたしのせいで困らせてる。

怒ったと思ったら急に黙り込んだわたしを、ラースがぎょっとした顔で見ている。驚愕に目を見開いて、酷く焦っているのは、わたしがボロボロと泣き出したからだ。

ラースに失望された。いい歳して自分の感情すら抑えられないなんて、ホント情けない……子供みたいだわ。そう思ったら涙が溢（あふ）れて、止まらなくなってしまったのだ。

「ごめん！　言い過ぎた！」

違う、あなたは悪くない。悪いのは大人になりきれてないわたしの方。

「いいえ、違うわラース、これは心の汗よ」

「ユイリー……？」

わたしは大人。半人前であろうとも、とにかく今はこのしょっぱい液体を誤魔化さねば。

「これは子供時代に太陽の光を浴びて発達するはずの分泌腺が、引きこもったせいで未発達のまま大人になり、それによって――」

「………」

とりあえずラースがわたしの意味不明な言い訳を、黙って聞いてくれるのはありがたい。やや引いているような気がするが、見なかったことにしよう。

そのとき、未だ一人でぶつぶつ唱えているわたしの頭をラースが軽く叩いた。見上げると、ラースはなにも言わずに涙で濡れたわたしの頰(ほお)を指先でそっと拭って、その逞(たくま)しい胸元に抱き寄せる。

「――わたくしを騙していたのですか？」

そのとき、一連のやり取りを見ていたイヴリンさんが、ぶるぶると震えるほど扇を力強く握り締め、低く囁(ささや)いた。

「お姉様には毛ほども興味はないとおっしゃっていたのも、冷たくあしらっていたのも……全て嘘なのですか？」

「……悪いが、俺が本当に愛しているのはユイリーだけだ」

「――っ！　……では、ここ最近、あなたがお姉様にご執心だという噂は本当、なのですね……？」

ラースは泣いているわたしの世話を焼くのに忙しくて、もはやイヴリンさんを振り返りもしない。

彼女がわなわなと唇を震わせているのが見えた。

「家督を継いで以降、全ての女関係をあっさり切ったのはわたくしのためと、そう思っておりましたのに……当主となり、お姉様を手元に置くようになってから、あなたはわたくしを遠ざけるようになった。愛していると言いながらも決して体を許さず、キスも拒むなんて……おかしいと思っていたのですわっ！」

イヴリンさんが語気を強め、怒りのままに怒鳴る。そこでようやくラースは彼女の方に体を向けた。その目は冷たく彼女を見据え、二人の関係がイヴリンさんの思い描いていたものとはかけ離れていることを示している。

「わーい、ラース浮気してなかった。女関係もちゃんと清算してたのね」とか喜んでいる場合じゃなさそうだ。

「俺の裏切りに勘づいた君が動くなら、アルフレッドの監視の目が離れた、屋敷の警備が手薄になる今を狙うとは思っていた……」

「……えーっと、ラース？　狙うっていったいなんの話をしてるの？」

まるで命狙うみたいな言い方じゃない。大袈裟ね。いくらラースに裏切られて振られたからって……いや。ラース、イヴリンさんに相当酷いことしてるわよね？　大袈裟じゃないかも……

そもそもどうしてラースはそんなことしたの？

そう思っていると、次の瞬間、ラースは予想だにしなかった言葉を口にした。

「彼女はローツェルルツの間者だ。そして反乱成功後に立ち上がった最初の王制――新王の娘でもある」

「王の娘って……ローツェルルツの王女様？　イヴリンさんが？」

この間抜けな人が間者で王女様？

「……旧体制の王族の生き残りであるあなたへ下された暗殺の命を、撤回するよう王であるわたくしの父に進言すれば、あなたはわたくしのものになる。その言葉もこれまでのことも全ては偽りでしたの？」

「……一時期君と縁を結んだのは愛しているからじゃない」

縁。縁って。――と、いうことは、肉体関係はあったってことよね……？

途端、ようやく閉じかけていた涙腺が決壊する。思いっきりイヴリンさんの顔面を引っ掻いてやりたい。もしくは二人にカエルを投げつけてやりたい気持ちが急速に湧き上がる。

「遺言通り建前でお姉様と結婚するけれど、早々に離縁してわたくしを娶るという約束も……全てはお姉様のためにわたくしを欺くため。あなたの弱味がお姉様だと知れたら、お姉様がフィリスティア卿の二の舞になるのを恐れて」

イヴリンさんが言うフィリスティア卿とはお父様のことだろう。しかし、その二の舞とはいったいなんのことなのか。

「……その通りだ。俺はユイリーを守るために君を利用した」

えーっと、複雑かつ物騒な話で、わけ分からないんだけど、どっちかちゃんと説明してくれるかしらー？　じゃないとそろそろ胃の中の物が逆流しそう……。うっぷ、今朝食べたのはなんだったっけ？

それすら思い出すのが億劫だわ。ああ、ストレスでさっきからやたらに胸の辺りがモヤモヤする。このままだと吐いちゃうわ。

「ユイリーが俺の弱味だと気付けば必ず手を出してくるのは分かっていた。フィリスティア卿が亡くなった四年前のあの日――イヴリン、君が俺に声をかけてきたあのときから」

「まさか最初からわたくしを騙すつもりでいらっしゃいましたの？」

「否定はしない」

「それも全てはお姉様を守るため、ですか……」

ラースの返事を聞くなり、イヴリンさんは小さくため息を吐いて、それから喘ぐように口を開いた。

「王の命ともなれば感情は切り離さなくてはなりません。しかしわたくしは……どうしても欲しいものができてしまったのですわ。ですからお姉様には是非とも死んでいただかないと」

「………は？」

無理ですわ。じゃなくて、急に死んでいただきたいと言われましても……だってわたし達、お友達ってわけじゃないし……（友達いないけど）困るわ。もっと難易度低い要求でお願いします。

「まずはお姉様を殺した後で、ラース、あなたをゆっくりとわたくし専属の奴隷に仕立ててあげますわ。命までは取らないよう父に嘆願してさしあげましてよ？」

ああ、なるほど。つまりコレは……

イヴリンさんのどうしても欲しいものとはラースだと、そう気付いたときには、わたしは勢いよく声をあげていた。

「ラース、あなた、どれだけこの人たらし込んだのよぉー!?」

明らかにやり過ぎよっ。ラースに惚れすぎて、完全に拗らせちゃってるじゃないのーっ！

「四年前……当初の計画ではフィリスティア卿亡き後、後ろ楯を失ったラースを襲う手筈でしたのに……。流石は王の右腕と称されるフィリスティア卿。お姉様を当主にして、ラースを守り抜いたのには本当にしてやられましたわ。そのせいで全ての予定が狂ってしまいましたもの」

「お父様がなに……？　さっきからあなた、いったいなんの話をしているの？」

話が見えてこない。一人混乱しているわたしは、前に立つラースを見上げた。

「ユイリー。心して聞いてくれ」

わたしの肩に手を置いて、ラースが真剣な眼差しを向けてくる。

「ラースまでなんなの？　やあね。そんな深刻な顔しちゃって……」

「四年前に亡くなったフィリスティア卿の死因は、流行り病なんかじゃない」

「え……？」

「俺の暗殺計画にフィリスティア卿は巻き込まれ、殺されたんだ」

えーっと、わたしの物語ってこんなにシビアな展開だったっけ？

わけが分からないと眉間に皺を寄せて、口元を尖らせる。絶賛、大混乱中。

すると、わたしの肩に手を置いているラースが気遣わしげに目を細めた。そんな顔も格好いい……と場違いにも思ってしまう。

イヴリンさんにまた能天気って言われても仕方ない。でも、お父様の死の真相を聞いた今、ショックで頭が追いつかない以前に、全く実感が湧いてこないんだもの。

今更死因が違うなんて言われて……それも、殺された？　やっぱり冗談にしか思えない。

「あらあら、不思議ですわね。お姉様があまりショックを受けていないように見えるのはなぜかしら？　能天気というよりも単におつむが足りないだけのお馬鹿さん、でいらっしゃるとか？」

そうか。

分かったわ。この人、そうなのね。そういう人なのね。面倒臭いったらないわ。

「……ショックは受けてるわよ。でもね、わたしはラースを守るって、初めて会ったときに決めてたの。それだけはなにがあっても揺らがないってだけ。それに、お父様もきっとわたしと同じ思いだったことは分かるもの」

「ラースを守る？　お姉様が？」

可笑しいわ、とイヴリンさんが小馬鹿にして笑った。

「世間がお姉様をどう評価しているか知っていて？」

「………………」

「ずっと引きこもっているだけの役立たず。名ばかりの当主の身に甘んじて、ラースに世話をかけていただけの人が彼を守るですって？　どんな思い違いをしていらっしゃるのかしら」

「……お父様を殺したのはあなた？　あの可愛かったラースが……わたしが引きこもっているうちに女ったらし……いえ、非行に走った原因はイヴリン、あなたなのね……？」

彼女の不遜な態度を見ているうちに、沸々と怒りが湧いて、わたしは震える拳を一層強く握ってその感情を抑えた。また暴走をしたらラースに失望される。

「本当に残念ですわ。お姉様と離縁してわたくしを娶るという約束……ローツェルルッの次期継承者として迎え入れる日を、わたくし本当に楽しみにしておりましたのよ？　ラース」

イヴリンが少し寂しそうに笑った。

ラースはそんなイヴリンと視線を静かに交えながらも、ベッドに座り込んでいるわたしの傍を離れない。

「迎え入れるって……反乱を起こしてラースを追い出したのに？　それも一度下された王命を覆すなんてこと簡単にできるわけないでしょ」

たとえイヴリンが王の娘であっても、暗殺を撤回するよう王に直接意見するなど、あり得ない。ましてやそれが聞き入れられるとは到底思えなかった。

「お姉様は国政をまるでお分かりになっておりませんのね」

とことん馬鹿にしたように言われてムッと顔を顰めると、ラースがわたしの頭にポンッと手を置いた。ついでによしよしと撫でられる。

「ラース……？」

「十二年前、前王が反乱で処刑され新たな王制が確立して、当初は俺もフィリスティア卿も新王にとって先代の血筋は争いの火種になると思っていた。だが……近年のローツェルルツの内政は芳しくないと聞いている」

「それってどういうことなの？」

「新王が反乱の折、名のある諸侯を全て処刑したからだ。後に残ったのは元奴隷の出自の定まらない者ばかり。そうして外との繋がりを一切絶ってしまったのは致命的だった。当然、他国は危険視して介入せず国政は悪化の一途を辿り、今では国として機能していないのではないかと言われている」

「……それ、少しはわたしも知ってるわ。先代の遺産を食い潰して、ローツェルルツの財政は火の車だとか」

「ローツェルルツは破綻寸前だと言われている。反乱により奴隷が王となったローツェルルツには外交する手段も信頼もない。内政は荒れていると聞く」

反乱で一度転覆した国が、今度は財政難で破綻寸前だとは皮肉な話だ。——と、そこまで考えてハッとした。

「……まさか、正統な血筋のラースを取り込んで外交の手駒として使う気なのっ⁉」

言いながら怒りに震えるわたしとは反対に、手にした扇を優雅にパタパタさせて、イヴリンが楽しそうにクスクス笑っている。

「ようやくお分かりになりましたのね？ ラースが当主になればこの国に後ろ盾ができる。そして、元王族の彼をわたくしの伴侶——ローツェルルツの次期継承者として迎え入れれば、我が国の内政も変わってくると思ったのです。それならば父も聞き入れてくれるはずですわ」

それって人質と変わりない。しかも、自分達で一度滅ぼしたくせに、ラースの血統を利用しようとするなんて……

絶対に、許せるわけないじゃないのよーっ！

「だから今更ラースが必要だって言うの？ 他国との信頼を得るのに利用するために。でもそれが目的ならどうしてわたしを殺そうと？ もう当主でもないわたしを殺す意味なんて……」

どうしよう。さっきから胸のムカムカが治まらない。

心胸の鼓動がどんどん強くなっていくのはきっと、酷く怒っているからだ。

「ユイリーを狙ったのは子供の件が関係しているんだろう？　イヴリン」

「ラース？　あの、子供って……子作りのこと？　あ、というかあなたそれ、ちゃんとわたしに相談してくれないとダメじゃないのっ。沢山エッチするのは構わないけど、今後の計画というものがあるでしょう？」

　子供は何人欲しいとか。女の子がいいのか、男の子がいいのかとか。色々とラースが描く未来予定図が知りたいのよ、わたしは。

　ふむ、ラースとの子供かぁ。なんだかワクワクする。

……じゃなくて。思えばエッチばっかりで、そういうの一言だって話し合ったことないじゃない。

　頬（ほお）を膨らませて軽く睨（にら）むと、ラースは困ったように眉尻を下げた。

「ごめん。今度ゆっくり話す機会を作る」

「そうしてくれるならいいけど」

「――ふ、二人でさっきからなにをイチャイチャしておりますの！」

　すっかり見せつけられたイヴリンが怒って声を張りあげた。

　そりゃあ怒るわよね。目の前で元恋人と恋敵にイチャつかれちゃ。きっとわたしだったらカエルを投げつけて、タコを自分で釣りに行っちゃうくらい怒ると思うもの。

　イヴリンは青筋を立てながら、苛々と口を開く。

「わたくしもラースが子供を所望しているのは知っておりますのよ？　メイドに子作りの下着まで用意させて、一ヶ月以上も自室でこもりがちになっている噂も……。ですが、そのまま仲睦まじく子供を作られては困りますの」

えぇっ。どこから漏れたの、その情報！　下着を用意したジェーン？　屋敷を管理してるアルフレッド？

なんにしても、そんな恥ずかしい話が世間に流れてるなんてどうなってるのよ？　最悪だわ。屋敷の情報漏洩（ろうえい）なんて大問題じゃないのよぉっ。ううっ。ＢＬ本なんて取りに行かせてる場合じゃないわ。早く帰ってきてちょうだい、アルフレッド！

「ご理解いただけたかしら？」

「……ローツェルルツの正統な継承権を持つ子供がわたしにできたら、あなた達にとって不都合ってことなの？」

「ええ、その通りですわ。わたくしとの間にできる子供ならば純粋なローツェルルツの血筋として父も容認するでしょう。お分かりになって？　ラースが他の女との間に子供を作るなど、到底許されることではないのですよ。よって子供がいるかもしれない貴女を、このまま生かしておくわけにはいきませんの」

自分以外の女性との間にラースが子供を持つことは許さないって……振られてる自覚はあるのよね？　うーん。不思議だわ。どこからくるのよ、その諦めない根性と自信。

それにしても、わたしも人のこと言えないくらい性格悪いけど、そんなの目じゃないってくらい、この人、性格悪すぎるー！

「あのぉ、ラース。言いにくいんだけど。どうやらわたし、狙われてるみたい」

「ったく、どうしてこんなときまでユイリーはそう呑気なんだ……」

だって他にどう反応したらいいのか分からないんだもの。

「あらあら、大分混乱されていらっしゃるようですけど、安心なさって？　四年前のフィリスティア卿のときのように暗殺が露見しないよう、そのヘビの毒ですぐに始末して差し上げますから。なにも思い悩む必要はありませんのよ？　それに……親子二代揃って同じ毒で死ぬなんて素敵じゃありませんこと？」

この人、ホントにどうしてくれよう。気が利いているとでも言わせたいのだろうか。どう反論しようかと思慮していたら、不意にラースが口を開いた。

「……その言葉を待っていた」

え、なに？　改まって。ラース、いったいなにを待ってたの？

「わざと子供の情報を流すようアルフレッドとジェーンに指示していたのは、俺だ」

「……わたくしを罠にかけたとおっしゃりたいの？」

「子供の噂を流しておけば、君は否が応でも動かざるを得ない。そして、プライドの高い君ならきっとフィリスティア卿に使ったのと同じ毒を、ユイリーに使おうとするだろうと想定していた」

ちょっと待って。ラースが情報漏洩？　じゃなかった、わたしを囮に使ったってこと……？

「ラースがあんなにエッチして子作りに専念してたのは、イヴリンが持つ毒がお父様に使われたのと同じ毒だってことを立証させるための罠ってこと……？」

……なんかそれってらしくない。ちっともラースらしくない～～っ。

それにラースがめちゃくちゃエッチなのは絶対に元からよ！　身をもって体験してるものっ！

「四年前、自ら犯人と名乗り先に接触してきたのは彼女の方だった。だが彼女が犯人だと分かっていても、フィリスティア卿殺害の凶器となった毒がなんなのか、証明できるだけの証拠が揃わなければ断罪することはできない」

ラースが手にしたヘビを見せつけるように持ち上げた。首をキュッと絞められたヘビの口がクアッと開いている。長く鋭い牙が露わになった。どうやらイヴリンの扇の下に隠されていたモノは、ヘビだけではなかったようだ。

「長く特定できなかったが……これでようやく証拠が揃った。そして証人も共にな——アルフレッド、入ってこい」

「えっ？　アルフレッドは今いな……」

入室の許可が下りると同時に、鍵のかかった扉の方からバキッとこじ開ける音がした。

「……扉、壊したのね」

ラースの呼びかけに、執事らしからぬ巨体がヌッと扉の奥から現れた。強面な彼は、今回、筋骨隆々の素晴らしい体をフルに活用してくれたようだ。

流石（さすが）、我が家の筋肉代表みたいな顔してるだけのことはあるわ。今度からマッスル執事と呼ぶことにしよう。もちろん心の中でだけだけど。

「アルフレッド、彼女を……イヴリンを捕らえろ」

「畏まりました」

というか、あなた。別邸から帰ってたの？　ちなみにわたしのBL本はどうしたの？

大量のBL本を取りに行って、まだ別邸から戻ってないんじゃなかったの？

きっと今頃、書斎にはアルフレッドによって運び込まれた、わたしの集めに集めたBL本が大集結。山となって置かれていることだろう。

ひゃぁ～。わたしがまだ腐女子だってこと知らないラースが見たら、ショックで気絶しちゃうかも……ば、バレる前に早急に撤去しないと！　悪夢だわ……。考えるだけで胃が痛い。

なんてわたしが悩んでいる間にも、アルフレッドは主人の命に従い、その巨体を器用に動かして、あっという間にイヴリンを拘束してしまった。手際よいことこの上ない。

実戦もいけるマッスル執事、アルフレッドが現れた扉の前には、破廉恥メイドのジェーンが青い顔をして突っ立っている。

きっと主人であるラースを相当に心配していたのだろう。

そしてその後ろにいるのは――

「誰？」

腰まである長い銀髪を背中に流し、白磁のような肌を持つ碧眼の優男。柔らかい雰囲気をまとう青年は、一見すると聖騎士のような印象を与える。

長身で、見た目はラースより少し上か、二十代前半くらいだろうか。数名の衛兵を率いている姿は正直、カッコいい。

ラースは雄々しく野性的な美しさを持つ一方で、この青年は人形のように冷たく、清廉な美しさを有している。まあどちらにしろ、二人とも超絶美形であることに変わりないので目の保養だ。ありがたやー。

「すごい……美青年同士のカップリングだ……」

火と水みたいに正反対の二人のカップリングかぁ。なかなか美味しい。胸がドキドキ……あれ？もっとすごい、バクバクしてる。

「カップ、リング？」

青年が不思議そうな顔をしてその澄んだ青い瞳を瞬かせている。まさかわたしにあらぬことを妄想されているとは思うまい。それもラースとの組み合わせで。

はわわっ。思わず目がキラキラしちゃうわ。

「こほんっ、ユイリー」

「ハッ！」

「あんまりあの人、見ないでほしいんだけど」

ラースが不機嫌な顔で、わたしの肩に自分の上着をかけた。この美味しそうな美青年の目を気にしてる？

……あ、そういえばわたし、体にシーツ巻いてるだけで、それもエッチした後で体もまだ洗ってない。キャー！　今更ながらに恥ずかしいっ。

ちなみにラースには、わたしがなにかしらよからぬ妄想をしていたことが、ばっちりバレているようだ。目線だけでコラッと軽く窘められる。

なぜだ。腐女子とはバレていないはずなのに。

「ごめんなさい……あの、この方はどなたかしら？」

おずおずと尋ねると、ラースは表情を引き締めて、いつになく緊張した面持ちで答えた。

「彼はフォンベッシュバルト公——シンフォルース五大公爵家当主の内の一人だ。そして秘密裏に諸侯の監察を行っている国王直属の監視役でもある」


イヴリンとの騒ぎで澱んだ空気が、この美青年の登場で一瞬浄化された——ような錯覚を覚えた室内で、わたしは先ほどの「美青年カップリング」発言以降、ラースから思いっきり不審な眼差しを向けられていた。

ぜんっぜん興味ないふうを装いながら、ラースに気付かれないよう細心の注意を払い、扉の近くに立つフォンベッシュバルト公をチラッと盗み見る。

へぇー、この人がフォンベッシュバルト公ね。ふーん……美しい……不味い、妄想が膨らんでしまいそう。

「ラースの義理の姉君で、婚約者でいらっしゃるユイリー殿ですね？」

「は、はい」

あ、話しかけられた。ついでに目が合っちゃったぁ。ちょっと嬉しい……

「僕はセオドア・フォンベッシュバルトと申します。四年前のフィリスティア卿の件を陛下より委任されて来ました」

「お父様の件で……」

簡潔な自己紹介と説明を聞いているだけで胸が苦しいなんて……やだわ。ホントにさっきからどうしちゃったのかしら？

ドキドキバクバクし過ぎて、どうにも息苦しいというか……あ、もしかしてこれが世に言う一目惚れ!?

………ぷっ。あははっ。やだわ、もう。いくらフォンベッシュバルト公が超絶美形だからって、わたしにはラースがいるのよ？　そんなことあるわけないじゃないの。

うんうん。そんなわけないない。そんなわけない。うんうん。じゃあこの高鳴る胸の鼓動はいったいなんなのかしら、ね？

不安を振り払うようにプルプルと首を左右に振ってみた。

それでも光に引き寄せられる蛾よろしく、何度もフォンベッシュバルト公を盗み見てしまうのは、仕方のないことだと思うのよ。だって女の人より綺麗な顔が眼前に……それも二つあるなんて……。鼻血出る。

それに、フォンベッシュバルト公は全然男臭さがないのよね。薔薇みたいな芳しい香りがしてきそう。魅惑的な、人間離れした美貌……文句なしにカッコいい。

ふふふ。ラースと合わさってダブルで目の保養――って、あ、不味い。欲望駄々洩れでチラ見してるのがバレたっぽい。ラースがまた怖い顔してこっち見てる。

ちょっと腐女子モードになって浮かれていただけなのに。すっかり疑心の塊となってしまったラースの、わたしを咎める視線がチクチク刺さる。今回に限っては、程々にしておかないと、後が怖いかもしれない。

そう思っていたら、次の瞬間、わたしは現実の世界に引き戻されてしまった。

「──事は国政に関わる事態です。それも王の有力な補佐官だった者が、他国の間者に殺されたとなれば……」

話しながらイヴリンの方へコツコツと足音を立てて近付く、フォンベッシュバルト公。美しい青空のような瞳が、怒りに揺れて、刹那──鋭く殺気を帯びた。あまりの迫力にビクリと肩が震えて、思わず隣にいるラースにヒシッと抱きついてしまったほどだ。

「それが事実であるならば万死に値する──それが陛下のご意思です」

ひぇぇぇぇっ⁉

ら、ラースよりこの人の方がよっぽど怖いじゃないのよぉーっ！

にっこり笑って言い放つも、フォンベッシュバルト公の目は全然笑っていなかった。怖いもの見たさにうっかり近付いたら、ペロリと食べられそうな危うさを感じる。

この人、怖い。近寄りたくない。でも綺麗だから見てはいたい……！

と、勝手に葛藤に苛まれてガクブルしていると、わたしの怯えを感じ取ったらしい。ずっと怖い顔をしてこちらを見つめていたラースが、表情を緩めた。そして、わたしより一回り以上大きい手で、頭をそっと撫でてくれる。

ようやくわたしは息をついて、安堵した。

「今後、シンフォルースはローツェルルツを敵国とみなし一切の国交を断絶する。と言っても元より国交は無きに等しいものでしたが……その理由は言われなくともお分かりになりますね？　イヴリン王女」

先ほどから随分と大人しくアルフレッドに拘束されているイヴリンが、フォンベッシュバルト公に見下ろされた途端、ゴクリと息を呑む気配がした。後ろ手に床に膝を付かされた状態で、もはや抵抗する気力もないといった様相だ。

「……本当に、本当にイヴリンがお父様を？　こんな間抜けな人にお父様が……？」

信じたくない。やっぱりまだ信じられない。

そう思っていたらラースが気まずげに口を開いた。

「そう見えるのは多分ユイリーのせいだと思う……俺は今まであんな彼女を見たことがないよ。いつもの彼女なら安易に毒の話なんて口にしない。そもそも、ヘビだってユイリーがいなければ出さなかったと思うし……」

そ、それは……わたしが八つ当たりで投げた枕が原因でコケて、イヴリンのドレスが大胆に破れ、下着が丸見えになっちゃったからであって。

きっとイヴリンは元々出すつもりはなかったというか、にょろっと偶然ヘビから出てきちゃっただけ……はい、つまりわたしのせいですね。ごめんなさい。

「あんなベラベラと真相を話すなんて……相当ユイリーに嫉妬（しっと）して腹を立てていたとしか……」

ええっ、それってどういう意味？　ラースの知るイヴリンは全然間抜けじゃないってこと？

ハテナマークが頭を飛び交っていたら、フォンベッシュバルト公が説明を買って出てくれた。

「おそらくですが、この方の仕事は潜入による情報収集が主であり、肉弾戦などの実戦向きではないのでしょう。だからこそ情報操作を得意とする彼女は、長きに渡りなかなか尻尾を見せなかった」

ラース達はお父様が亡くなってからのこの四年間、イヴリンを泳がせて毒殺の証拠をあぶり出そうとしていたということだ。

「えっと、それってイヴリンが出てきたのは全部、わたしのせい……ってことですか？」

おそるおそる聞くと、フォンベッシュバルト公とラースが揃って静かに頷いた。

それから改めて、すっかり間抜けな女認定されたイヴリンを、フォンベッシュバルト公が氷のような双眸で冷然と見下ろした。

「愛しい男を手に入れるため、捨て身で侵入してきたその気概は褒めてやろう。だが、毒ヘビを使って脅すだけではいささか不十分だったようだ」

「…………」

すると、イヴリンが唐突にクスクスと笑い出した。フォンベッシュバルト公が訝しげに口を開く。

「なにが可笑しい？」

「ふふっ、わたくしが捨て身で来たと本当にお思いですの？」

それまで伏せがちだった顔を上げて、イヴリンの目が好戦的に光った。そうして詰問されているイヴリンを余所に、ベッドに座り込んで半ば放心しているわたしを、ラースが胸元に抱き寄せようとした。すると、イヴリンの目が鋭くこちらを捉える。

「ラース、そんな悠長にしていてよろしいのかしら？」

「……なんの話だ？」

「あなたがお姉様から目を離したほんの僅かな隙に、お姉様にヘビの毒入り香水を振りかけておきましたの。そろそろ効いてきたのではなくて？」

「なんだってっ!?」

彼女の言葉に、ラースは目を剥いて声を荒らげる。

「遅効性でその上、揮発性が高く、露呈しにくいよう調合してありますの。ですから安心なさって？　お姉様に触れてもあなたに害はありませんわ。でも、お姉様は既に皮膚から体内へ毒が全て吸収されてしまった……徐々に体が毒に蝕まれて、フィリスティア卿のときと同じように一週間と持たず命を落とすでしょうね」

でも、わたしに香水をかけたときにイヴリンも一緒に毒を吸い込んだはず。しかしそれを問う前に、イヴリンはわたしの表情だけ見て察したようで、ふてぶてしく口角を吊り上げた。

「わたくしの体は普段から毒に慣らしてありますの。あの程度のものなら平気ですわ。ふふっ、もはやお姉様は死にかけのカエル……ヘビに睨(にら)まれてはひとたまりもないということ。少しは身に染みましたかしら？」

こんなときにカエルに例えられても。あ、そっか。もしかして、さっきから感じてるこのドキドキ——高鳴る胸の鼓動は毒のせい？

「イヴリンっ、解毒薬を今すぐ渡すんだ！」

ラースの焦った声を聞きながら、わたしはそれを他人事のように感じていた。

ふむ。なるほどなるほど、毒のせいだったのね。フォンベッシュバルト公に一目惚れしたとかじゃなくって、本当によかったぁ。と、毒にやられて高鳴る胸を撫で下ろす。

——って、あら？　フラフラするかも？　もしかしてわたし……倒れる寸前ってやつなのかしら。

「さあラース。お姉様の命が惜しかったら、わたくしの言うことをお聞きなさい」

ん？　ちょっと待て。なにどさくさに紛れて、また人の大切な義弟をかどわかそうとしてるのよ。さっきから大人しく捕まっていると思ったら、結局そこなのね……このっ、卑怯者！

「わたくしとしてもラース、あなたを強制的に手に入れるようなことをするのは本当に心苦しいのですわ。ですが、表向きはわたくしの伴侶として扱いますからご安心なさい。後は先ほども申し上げました通り、わたくしの奴隷として仕立ててあげますから」

——この女……

今度こそ、プチッとわたしの中のなにかがキレた。

「……舐めるんじゃないわよ」

「はぃ……？」

「わたしはね。小さい頃からカエルを手づかみでラースに投げつけてた女よ？　ヘビの毒入り香水くらいでビビってたまるもんですかー！」

突然叫び出したわたしに、ラースが驚いた顔でこっちを見ている。また失望させちゃうかもしれないけど……それでも義弟はわたしが守るのよ。そう出会ったときに決めたんだもの。

そしてラース、あなたも奴隷とか言われて黙ってないで、ちょっとは怒りなさいよ！　怒らないなら、わたしが代わりに怒るんだからね！

「あなたみたいな女にラースを好きなようにされてたまるもんですかっ！」

「えっ？　えっ？　お、お姉様？　なにをいきなりお元気になっていらっしゃるのっ⁉」

お姉様、お姉様って……わたしはあなたの姉じゃないー！

勢い任せにわたしは放心しているラースからヘビを奪い取った。

「ということで、お受け取りください。……わたしはあなたの姉じゃない――――ッ‼」

重要なので心の声と合わせて二度言った。

「きゃっ。ちょっと、まっ、キャーーーーッ！」

間髪を容れずにラースからむんずと奪ったヘビを、混乱しているイヴリンに向かってぶん投げる。ちなみにヘビは自分の身になにが起こっているか分からない様子で、飛んでる間も大口を開けていた。

ごめん、ヘビ。あなたに恨みはない。あ、でも毒には恨みあるわ。じゃあこれでおあいこってことで。よろしくお願いします。……――なんて、思い切りよくできたらどんなに胸がスカッとするでしょうね。

「――アルフレッド！」

わたしが叫ぶのと同時に、ヘビがイヴリンに到達する既のところで、我が家の豪腕が表情を一ミリも変えずにパシッとそれを捕らえた。

「ふふっ、ご苦労様。どうやら腕は衰えていないようね。安心したわ」

判断に間違いはなかった。わたしが得意げに鼻を鳴らすと、飛んできたヘビをイヴリンの顔面すれすれで捕らえたアルフレッドが恭しく頭を垂れた。

「恐悦至極に存じます」

まさか本当に当てるわけにはいかないわよね。どんなにムカつく暗殺者でも一応相手は女だもの。

『ユイリー、人に怪我をさせてはいけないよ？　でないと後悔に悩ませた頭がパンパンに膨れ上がって、顔がタコになってしまうからね』

今は亡きお父様の教えは、まだまだあるのだ。お父様は高潔なお人柄だったわ……――と、例えになにかとタコを使ってのご教示を、感傷に浸って振り返ってる余裕はない。

ちなみにイヴリンもヘビも、もちろん両方無事である。

あとついでに言うと、わたしとアルフレッドの手慣れたやり取りに驚いているのは、フォンベッシュバルト公とその後ろに控える衛兵のみ。ラースもジェーンもやれやれと肩を落として、ため息を吐いているだけだ。

まあわたしに投げられたヘビは、未だに大口を開けて、引き続き放心状態にあるけども。

……ヘビ、あなたメンタルとっても弱かったのね。ごめんなさい。

「やってくれるな。久しぶりに見たよ、ユイリー達のそれ……」

呆れたようにラースが呟くのも無理はない。実は幼少期に、わたしがラースにカエルを投げつけていじめていた――あの話には続きがある。

まだ六歳で亡命したての頃のラースには、お父様の命令でアルフレッドが付いていることが多かった。ラースの傍にアルフレッドがいるときは決まって、わたしがラースに投げたカエルを、彼が代わりにベショッと真正面から受けていたのだが、やがて想定外のことが起きた。

日々、わたしにカエルを投げつけられて、反射神経を鍛えていったアルフレッドが反撃……ではなく、涼しい顔をして全てのカエルを掴み取り、淡々と回収作業を行うようになっていったのだ。

はっ！　この執事……進化してるー!?　と彼の変化に戸惑いながらも、『なにがなんでも一発ぶつけてやるぅ～～っ！　オオオオオ！』と、謎に強い対抗心を燃やした。

触れたら火傷しそうなほどの闘気をまとって、打倒執事と殺気立っていたあの頃……わたしはめげないお子様だった。

わたし、投げる。アルフレッド、回収する。と、メインターゲットのラースなどそっちのけで繰り広げられるアルフレッドとの攻防……

幼少期、すっかり馴染みと化していた手に汗握るあの頃の光景を、きっと屋敷の誰もが忘れることはできないだろう。あ、そういえばラースはそれが始まるたび、逃げずに近くでジッと傍観してたっけ。

そして最終的には、

『くぅっ……やるわね……流石、我が家の誇り高き執事だわ……』

そうアルフレッドを称賛し、強敵と認めた幼いわたし（一応令嬢）。

次々とポイポイ投げられる食用ガエルを、筋肉モリモリの体で受け止め鷲掴みにして、仏頂面でお父様の食卓に淡々と運んでいったアルフレッド。もちろんカエルは食卓に並ぶ前に、料理長に美味しく調理されていたわ。

アルフレッドの手によって、全てのカエルが回収されたときは悔しくて、悲しくて、腹が立って、タコを食べる手が止まらないこともあったわね……。しんみり。

そんなことが度重なり、食卓にカエルが並ぶ日が続くと、お父様は再びそれが始まることを恐れて、その後、食用ガエルを購入することは二度となかった。

まあ、お父様はわたしに激甘の親バカだったから、代わりに観賞用のカエルを取り寄せたり、カエルの抱き枕――美ガエルちゃんを与えてくれたのよね。

よってわたしは飛距離に自信があるし、アルフレッドの反射神経は折り紙つきだ。あの小さくて愚かだった頃のわたしとアルフレッドとの間に、主従関係を越えたなにかが芽生えた……ことはなかったけれど。

今回も昔と同じ。阿吽の呼吸でアルフレッドはわたしから投げられたヘビを受け止めてくれた。

これに関して言えば、信頼関係にも似たよく分からないなにかが築かれているのは確かだわ……なんて、真面目に青春みたいなこと考えてる場合じゃないのよーっ！

アルフレッドに掴まれている、ほぼ失神状態の弱メンタルな一物ヘビ。それが眼前でプラーンとぶら下がっているのを呆然と見つめていたイヴリンが、ようやくノロノロとわたしの方を見た。青い顔をして覇気のないイヴリンに多少の罪悪感を抱きながらも、わたしはラースの襟を掴んで勢いよくこちらへ引き寄せた。

「ユイリー？」

ラースの唇に人差し指を立てると、彼はなにか言いたげな顔をしながらも口を閉じた。大人しく長い睫毛を瞬かせている。

ベッドに乗り上げるように引き寄せられたラースは、状況を諦めて受け入れているようだ。次はなにをする気だと、黄金色の瞳でわたしの顔を覗き込んでくる。

その整った顔を眺めながら、わたしは褐色の滑らかな頬に手を添え、おもむろにラースの形のいい唇にキスをした。それも思いっきり濃厚なやつを。

こういったことに慣れているだろうラースにしては、珍しく気後れしているのが重ねた唇から伝わってきた。けれど、ラースが戸惑っていたのはほんの数秒間だけで、最終的には彼から積極的に唇を合わせてきた。

数分が経過し、ゆっくり唇を離すと、まだイヴリンが呆けた様子でこちらを見ていた。

よし、今度はわたしがイヴリンにやられたように、クスクス笑って口角を上げながら「――あらごめんなさい？　あなたには酷だったわね」なんて、極悪非道な台詞を吐いてみせればいいのよね？

目には目を。歯には歯を。というやつだ。でも……

「ごめんなさい。あなたのどうしても欲しいものは、わたしにとってなによりも大切で代えがたい人なの。だから絶対にあげられないのよ」

お父様の件やこれまでのイヴリンの所業を考えると、本当にヘビをぶつけてしまったとしても、そしてその高慢な鼻を完膚なきまでにへし折ったとしても、非難はされないかもしれない。けど、そんなことをしたら、きっとわたしは頭を抱えたくなるくらいの罪悪感に襲われて、ラースの顔を見るたび、イヴリンを思い出すことになるんだわ。

イヴリンがラースからわたしに狙いを変えたのは、彼女も本気でラースを好きになってしまったからだと、その間抜けで必死な言動を見ているうちに気付いてしまった。

それに、好きな気持ちを諦められない苦しさは痛いくらい分かる。

だからあえて、わたしの正直な気持ちを伝えた。

やり返すって心底後味が悪いと思うの。うんうん。心にしこりを残すようなことはできるだけしないに限るわ。まあ普段からそんな器用に生きられたら、苦労はしないんだけどー！

「……能天気というかお気楽というか……ラース、あなたのお姉様はあまりに緩すぎませんこと？お人好しにもほどがありますわ」

イヴリンは毒気が抜かれたように言うと、呆れた目線をラースに向けた。それにラースは苦笑して答える。

「ユイリーは昔からこうだ」

昔からってなによ、昔からって。それにラースもわたしのこと緩いって思ってるわけ？　もう、なんなのよー！

「こんな能天気な方にわたくしがしてやられるなんて……」

イヴリンは悔しげに唇を噛み締めた。それから目を瞑り――最後は参ったというように表情を和らげる。

「……分かりましたわ。ラースのことは諦めます。でも解毒薬は渡しませんわよ？」

「はいはい。それでもういいわよ」

本当はよくない。うん。全然よくないけど。最後の意地とでも言うように、頑なにイヴリンが突っぱねる気持ちも理解できる。

「ですが、ラースの方からわたくしに結婚を申し出るなら話は別ですけれど」

……やっぱり油断できない。この人、最後まで手強いわ。

「ラース、いーい？　わたしが毒で死にそうだからって、解毒薬と交換にイヴリンの言いなりになって結婚なんてこと……絶対に許しませんからね！」

思わずラースの肩を揺さぶって、何度も言い聞かせる。にしても本当に、わたし死にそうなのかしら？　心臓バクバクでもかなり元気なんだけど。

一方ラースは、弱り切った顔でこちらを見下ろしている。

「ユイリー……なにを無茶苦茶なこと言ってるんだ」

「とにかくダメなＮＯー！」

「だが、このままではユイリーが……」

ラースは拳をぎゅっと握り締め、言い淀む。

あ、ダメだわ。この子、わたしのためとか言って、自分を犠牲にしちゃうタイプだった。というか、今までそうだったんだから今回も絶対、確実に、するつもりね。裏取引ってヤツを。

「……フォンベッシュバルト公」

「なんですか？　ユイリー殿」

これまでの珍妙なやり取りを傍観していたフォンベッシュバルト公は、穏やかな目をこちらに向ける。

「お願いがあります」

わたしのただならぬ決意を察したのか、フォンベッシュバルト公は真摯に頷いて先を促した。

「毒は遅効性のもののようなので、お父様と同じなら一週間は猶予があるはずです。ですからラースが早まってイヴリンの要求を聞くことがないように監視していただけますか？　後のことは全て、医師に任せたいと思います」

「ユイリー!?　なにを言って……」

「ラースは黙っててちょうだい」

「ユイリー！」

義弟が暴走しないように、これは念のための保険だ。覚悟を決めて言い切ると、フォンベッシュバルト公がその青い瞳でジッとわたしを見つめてきた。言外にいいのかと問われて、今度はわたしが頷く番だった。

「……分かりました。責任を持って監視させていただきますよ」

「ありがとうございます」

「そういうことですから。ラース、あなたはユイリー殿に付いていなさい」

「っ!?」

ラースが反論する余地も与えず、フォンベッシュバルト公はくるりとこちらに背を向け、イヴリンに話しかけた。

「それでは、そろそろ行きましょうか？　ユイリー殿の解毒薬はもちろんのこと、あなたにはこれまでのことも全て白状していただきますよ？」

「…………」

それから衛兵に連れられて、イヴリンとフォンベッシュバルト公が早々に部屋を出ていくと、ようやくいつもの静けさが戻ってきた。

よーし。これで万事解決ねっ。

「……ユイリー、早く医者に診せないと」

「え？　あー、そうよね。うん、じゃあそろそろお願いします」

「お願いしますって……どうしてユイリーはいつもそうなんだよ……」

嵐が過ぎ去った感覚にホッと息をついていたら、ラースは心配が度を越しているようで、痛いくらいにわたしを抱き締める。声も体も小さく震えていて、今にも泣きそうだ。

慰めるように彼の肩を撫(な)でていると、なぜかだんだんと意識が掠(かす)れていく。

「――っ、ユイリー？　ユイリーっ！　しっかりしろっ！」

「旦那様、ただちに医師を呼んでまいります」

「お嬢様っ⁉　お気を確かにっ！　まだ逝かれてはなりません！」

遠くでわたしを呼ぶラースとアルフレッド、ジェーンの声が重なって聞こえてきた。

不思議。ラースが必死な顔してるのは分かるけど、ジェーンとアルフレッドもわたしのこと心配してるように見えるわ。わたし、好かれてないのにね。

頭がくらくらする。目を開けてるのも億劫(おっくう)。

やっぱり意地悪なことをイヴリンにしたから、そのツケが回ってきたんだわ……ごめんなさい。

心の中で小さく謝った後、わたしの意識は暗闇の中に沈んでいったのだった。

第八章　幸せな腐女子生活

ふと気が付くと、海流に流されるクラゲのように、わたしはよく分からない場所を漂っていた。

辺りは靄(もや)に包まれていて視界が悪い。奥の方から神々しい光が見える。

……ハッ！　もしやここって、天国？

ガーン。わたし、ついに逝っちゃったのね？

召された感覚が全然ないんだけど、きっと意識がないまま旅立ったのね。性格悪くても天国って行けたんだ。ラッキー。

って、あれっ？　そういえばお花畑はないのね？　あ、そっか。ここは天国の入口だからまだないのか。じゃあ扉はどこかしら？

キョロキョロと辺りを見渡し、入口を探していたら、遠くに人影らしきものが見えたので寄ってみる。

「すみません。入り口はどこか教え………ラース？　それにイヴリン？」

人影の正体はラースとイヴリンだった。驚いて目を瞬かせる。

違う。いるわけない。だってここ天国だもの。やっぱり見間違いかしら？

信じられないとばかりに、改めて二人をまじまじと見つめる。似てるなんてものじゃない。やっぱり少し先に立っているのはラースとイヴリンだ。

ラースはわたしの存在に気付き、こちらを冷たく一瞥すると、イヴリンを抱き締めてキスをした。

えっ。えっ？　なに……？

もう他の人とキスしないって誓ったのに、なんで？

二人が抱き合って夢中でキスするのを呆然と眺めながら、その場に立ち尽くす。頭の中が嫉妬と怒り、悲しみでない交ぜになり、上手く呼吸ができない。涙がぼろぼろと溢れ出して、頬を伝い、地面を濡らしていく。

「――……イ、リ……」

そのとき、どこからか声が聞こえてきた。

しかし、声の主を確かめたくても、視界が涙で滲んで前が見えない。困り果てて、その場にへたり込むと、今度はいきなり全身にものすごい揺れを感じた。

「ユイリー！　ユイリー！」

あらまあ、なんだかわたし、めちゃめちゃ揺さぶられてる。

すると、いつの間にか自分の周りを包んでいた靄（もや）が晴れ、気付いたときには、わたしの肩を必死の形相で掴（つか）むラースが目の前にいた。

なぜさっきまでイヴリンとキスしていたラースが、一人、目の前に？

「…………ハッ！」

不思議に思いながらその美貌をボーッと眺めること数分。わたしはようやく我に返った。

「ラース？　……ふふっ。なんだかとっても現実的」

「ああ、よかった。ちゃんといつものユイリーだ……」

「うん、よかった。いつものラースだわ……」

似たような台詞（せりふ）を気の抜けた調子で返すと、ラースはホッとした表情を見せた。

今、目の前にいるラースは、靄（もや）の中で刺すような目でわたしのことを見ていた彼とはまるで別人だ。

強く抱き締められて、それから涙で濡れた頬（ほお）を指先で優しく拭われた。こっちのラースは温かくてすごく安心する。その広い胸に額を摺り寄せてから、わたしはおそるおそる顔を上げた。

「いったいどうなってるの……？　ラースの浮気は？　状況を説明してほし……あ、もしかして」

「ユイリー？　さっきからなにをブツブツ言って……」

「――復讐なの？」

「は？」

「わたしが昔あんなにカエルを使っていじめたから……あれはその復讐なのね？」

「……………」

　よりにもよってイヴリンとキスして見せつけてくるなんて！　やっぱり少しもわたしのこと許してなかったのねー！

　先ほどまでのキスシーンを思い出し、自分が悪いと分かっていても怒りが込み上げてくる。再び泣きそうなわたしの肩をそっと抱いて、ラースは小さく息を吐いた。

「ユイリー、少し落ち着いて話をしよう」

「むっ？」

　眉間（みけん）に皺（しわ）を寄せて身構えると、ラースが指先でぴんっとおでこを弾く。

「きゃっ！」

「……復讐だとか浮気だとか。相当な勘違いをして大分興奮しているみたいだけど……悪い夢でも見た？」

「ゆ、め……？」

「ユイリーは毒のせいであれから三日間ずっと意識がなくて、昏睡状態だったんだよ」

「眠ってた……」

どうりでさっきから喉が渇いて、声が出し辛いと思ったわ。

反射的に喉を押さえると、ラースがお水をくれたので、それを飲んで少し落ち着く。ここに来てようやく、自分がベッドで横になっていることに気が付いた。

よ………よかったぁーーっ。

じゃあ浮気は夢で、復讐じゃなくて、わたしは生きてるのね！

涙腺が崩壊して涙が滝のように流れ、苦笑したラースが指先で拭ってくれた。

なんだかラース、お母さんみたいなんだけど……

「ラースってよくよく世話焼きな性格なのね……」

「ん？　そうかな……俺が世話を焼きたいと思う相手はユイリーだけだけど」

「……そうですか」

「なに？　その微妙な反応」

「ううん、なんでもないの。気にしないでちょうだい」

「？」

サラッと今、この子とんでもない殺し文句を言った。女ったらしっていうのは演技だったみたいだけど、本当のところはどうなのかと問い詰めたくなる。

「……ユイリーが急にすごいうなされて泣きだしたから、本当に心配した」

「それは……夢の中でラースがイヴリンとキスしてたからで――ぁっ」

ラースが座っていた椅子から立ち上がって、またわたしの体に腕を回してきた。ラースの体が少し震えている。

怖い思いをさせてしまったことを心苦しく感じながら、広い背中をポンポン叩くと、求めるように唇を重ねられて——息つく間もなく舌を吸われた。

「ふあっ……まっ……っ」

わたしの舌に絡(から)み付いてくるラースの熱さに戸惑って、逃げようとしたら、後頭部を強く押さえつけられた。ヌルッと舌を差し入れられる。

「んっ……ぁっ……」

三日間の恐怖を払拭(ふっしょく)するように必死にわたしを求める彼を、拒絶することなんてとてもできない。息も絶え絶えになりながらラースの服を強く掴(つか)んで、大人しく唇を受け入れていると、暫くしてようやく彼が離れた。

それから甘えるように頬(ほお)を摺り寄せた後、小さく唇を尖らせてわたしの顔を覗き込む。

「……俺はもうユイリー以外とはキスしないって誓ったのに？」

え、あ……もしかしてちょっと怒ってる？　というより拗(す)ねてるのかしら？

どうしてそんな夢を見たんだと、信用していないのかと、咎(とが)めるように目を細めるラース。

「だって、まさか夢の中で浮気されるなんて、わたしも思わなかったのよ……」

わたしが俯(うつむ)き加減にそう言うと、「はぁっ」とため息が聞こえてきた。

夢の中まで監視するなんてことできるはずがない。ラースもお手上げのようだ。

「……分かった。じゃあこうしようか。ユイリーがそういった悪夢を見たら、そのたび俺はユイリー以外の人とはキスしないって誓うよ。夢の中で別の誰かとキスしてたから浮気って言われても困るからさ」

少しは安心した？　とおでこをコツンとつけて、ラースは不敵に笑う。

「それでユイリーが安心するなら何度でも言うよ」

「うん……」

頷くと、軽く唇を噛まれた。それから顔中あちこちキスされて、くすぐったい。甘えてくれているような気がして少し嬉しくなる。

「あ、そういえば。ラース、わたしどうして助かったの？　ここが天国じゃなくて、わたしが生きてるってことは……——あなたまさかっ！」

イヴリンと取引しちゃったんじゃないでしょうねっ!?

「してないよ」

皆まで言う前に、わたしの頭を撫で(な)て落ち着かせながら、ラースはキッパリと否定した。

「だったらどうして……」

「ユイリーはなぜか以前から薬の効きが悪かっただろう？　媚薬をジェーンに使われたときも、少しボーッとなってただけだったし」

「……それと今回の毒といったいなんの関係があるの？」

「医師の話だと、どうやらユイリーは耐毒体質らしいんだ」

「耐毒体質？　でもお父様は……」

「うん、ユイリーのは元からのものじゃない。医師の見立てだとユイリーが普段ドカ食いしてるタコには解毒作用があるから、それが影響しているんじゃないかって」

「つまりわたしは昔から解毒作用のあるタコを食べまくってたから、気付かないうちに耐毒体質になってて、今回のヘビ毒を自力で解毒しちゃったってこと？」

「……そういうことになるのかな」

ラースは困ったように笑うと、頷いた。

「ふーん。タコで助かったということは……じゃあこれからはタコ茹での禁止は一切しないということでいいわよね？」

「……分かった」

嬉々として瞳を輝かせるわたしとは反対に、ラースが渋い顔をして不承不承ながら承諾した。そのとき、部屋の隅から声がかかった。

「二代続けて同じ毒に冒されて亡くなるなど、決してあってはならないことです。どうやらラースもそればかりは駄目と言えないようですね」

「……フォンベッシュバルト公、ずっとそこにいらしたのですか？」

「はい。ご遠慮した方がよろしいかと思ったのですが、一つどうしても伝えておかなければならないことがありましたもので」

その澄ました顔でキスシーンとか色々全部見てたのね……なんだかもう今更って感じだけど。

常に余裕を感じさせるフォンベッシュバルト公は流石(さすが)というべきか、彼はわたしとラースを交互に見遣りながら話を続ける。

「ラースには内密に定期連絡をさせていたので、ユイリー殿のことはよく存じ上げています」

「定期連絡……?」

「彼が当主代行として王城へ上がったときなどに」

「………」

部屋に引きこもってサボってたのが、この人にもバレている。恥ずかしい。

というか、ラースはわたしの代わりに当主業務しながらそんなことまでしていたの!?

「フィリスティア卿亡き後、陛下は君達のことをとても気にかけていてね。ご多忙でいらっしゃる陛下に代わり、僕が監督を頼まれたのですよ」

優雅な足取りで進み出たフォンベッシュバルト公がわたし達の前に立った。

「それに、生前、フィリスティア卿から君達のことを託されていました。ユイリー殿、僕はあなたの父上のよき友人でもあったのです」

「友人……お父様と?　こんなにお若いのに?」

わたしの疑問に対し、意味深にクスリと笑ってみせたものの、フォンベッシュバルト公はそれ以上は口にはしなかった。冷静沈着、凪(なぎ)のような人だと思う。

でも、イヴリンと対峙したときの、あの一瞬垣間見た激しい感情は本物だった。この人、普段は穏やかだけど、怒るとラースよりも怖かったりして……

「それと、ユイリー殿を囮(おとり)に使うよう指示したのは僕です。ラースは最後まで反対していたのですが、陛下のご下命を盾に、嫌がる彼を押し切って無理やり実行させました。ですからあれはラースの本意ではありません」

「そうなのですか……？」

「あなたの身を危険に曝したことへの謝罪ならば何度でもいたします。ですが、これは国政に関わる事態でした。失敗は許されない。私情を交えず確実な方法を取らなければならなかったのです。その点はどうかご理解いただきたい」

……そっか。ラースは嫌がったのか。だから時々苦しそうな顔してたのかな……

ラースが最後まで反対してくれたことが嬉しくて、フォンベッシュバルト公の事務的な謝罪なんかどうでもよくなる。わたしは軽く咳払いして余所行きの笑みを浮かべた。

「お気遣いありがとうございます。ですが、謝罪は結構ですわ。お父様のためにも……そしてわたし達のためにも必要なことだったのでしょう？」

「はい」

「ならばお気になさらないでくださいな」

「そんな簡単に僕を許してしまってよろしいのですか？　囮(おとり)にされ命を狙われたというのに」

「わたしはラースの本心が聞けただけで満足ですから」

「……そうですか。ラースがユイリー殿以外の女性に少しも興味を示さない理由が、分かった気がします」

フォンベッシュバルト公はラースを見るなり、からかうように片目を瞑った。

「二人の間に亀裂を残せば僕は一生ラースに恨まれる。それこそ寝覚めが悪いからね」

フォンベッシュバルト公の言葉に、ラースは拗ねた様子でプイッと横を向く。

あれ？　この二人、仲良いのかしら？　腐女子の妄想が働いて思わず反応してしまうわ。

「随分とわたし達のことを気にかけてくださったようで、こちらの方こそお礼申し上げますわ」

「いえ、大切な友人の残されたご家族を気遣うのは当然のことです。……それともう一点、お伝えしなければならないことが。これは少し申し上げにくいのですが……」

「なんでしょう？」

「どこから情報が漏れたのか、今回の件でユイリー殿は『父親の敵を捕らえ返り討ちにしたご令嬢』として、諸侯はおろか一般市民にまで広く知れ渡ってしまったのです。しかし、かなりの評価に繋がっているようですよ？　ですからもうご自身の世間体を気にされる必要はないかと」

「…………」

称賛されていると聞いて喜ぶべきなんだろうけど。でも、なんで、わたしが世間体を気にしてラースから離れようとしてたことがこの美青年にバレてるのかしらね？

ジロッとラースを睨むと、わざとらしく目を逸らされた。ほう、犯人はあなたね。

「見舞いも兼ねて訪問したのですが、僕はそろそろ退散した方がよさそうだ」

「これ以上無粋な真似もできませんので」と言って出ていこうとするフォンベッシュバルト公を、わたしは慌てて呼び止めた。

「あ、あの……っ！」

「他になにか気になることでも？」

「……イヴリンは、どうなるのですか？」

「暗殺の証拠が出た上に、ユイリー殿を毒殺しようとした。これが公になれば確実に外交問題に発展します。そうなる前に、おそらく彼女は自国から見捨てられるでしょう」

「そうですか……」

お父様を毒殺したことは許せない。でも……

彼女のお陰で散々な目に遭ったけど、やはりどこか憎み切れないでいる。

沈んだ顔で答えるわたしを見て、フォンベッシュバルト公は一つ息を吐いた後、気を取り直すように扉の方へ目を向けた。

「それにラースは元より彼らも、とてもあなたを心配していたようですよ？」

「彼ら？」

きょとんとして、彼の視線の先を辿る。それを合図に開いた扉から、アルフレッドとジェーンが入ってきた。

「——アルフレッド、わたしのアレは？」

開口一番、わたしが口にした大声では言えないアレとは、もちろんＢＬ本のことである。

「全て書斎に運んでございます」

「そう……ありがとう」

やっぱり全部なのね。全てのBL本を運んできてくれたのね。ご苦労様。

ふふふっ、じゃあ、ってことはっ。

きゃー！　ラースにバレる前に全部運び出して隠さなきゃ～～っ。

「そ、そもそもいつ別邸から戻ってきたの？　教えてくれれば……」

すぐにでも隠す手筈を整えたのに！

「申し訳ございません、お嬢様。元よりお嬢様のご本は別邸に運んでおりませんので」

「……は？」

運んでない、とはいったい？？

「お嬢様が旦那様から逃げ切ることは、不可能だと思っておりましたので。お嬢様のご本はこの屋敷の空き部屋に全てこっそり保管しておりました」

アルフレッドの中では最初から、わたしがラースに捕獲されるのは決定事項だったの!?

「無駄な労働はせぬ主義にございます」

む、無駄な労働……

表情一つ変えず放たれた言葉に、口元が引き攣る。

「また、旦那様の件もあり、これまでお嬢様の周りから徹底的に脅威を排除してまいりました。結果、お嬢様が孤立することとなり、引きこもりとなられましたこと、心よりお詫び申し上げます」

アルフレッドはそう言って、深々と頭を下げた。

嘘っ。それホント？　重要なことをあっさりと告げられたけど、あなたの後頭部をじっくり見ている余裕はないのよ。

「じゃあわたしが家督を継いだとき皆いなくなったのは……？」

「今は亡き旦那様とラース様のご指示です」

「でもわたしのこと皆陰でカエル姫って呼んでたじゃないのーーっ！」

騙されるもんですか！

そうアルフレッドに噛みつくと、続いてジェーンが口を開いた。

「それはお嬢様が美ガエルちゃんをいつも脇に抱えていたからです。アルフレッドともカエルを使ってあんなに楽しく交流していらしたので」

「楽しく交流……？」

「てっきりお嬢様はカエルを愛しておられるのかと……」

この行き場のない感情をどこに吐き出せばいいのだろう。

我が家の使用人達の目には、幼少期のわたしはカエルと楽しく遊び暮らしてるように見えていたのである。それもカエル姫と呼称されるのを好むと思われるくらいに……ってことは、カエル姫は蔑称ではなくまさかの愛称⁉

か、カエルを愛してるって……ジェーン、あなたねぇ。わたしのカエルへの愛、どれだけあると思ってるのよ。まあ、好きだけど。

ふふ、我が家の使用人は堅物ばかり。仕方ないわね。融通が利かないんだから、もうっ。

――なんてっ、言うわけないでしょうが！

こうして、わたしは起き抜けの、それも病み上がりに、使用人に説教する羽目になったのだった。

彼らの話を改めて聞くと、今までのことは全て誤解で、わたしを嫌って遠ざかっていたのではなく、お父様の件もあって皆わたしに対し過保護になっていた、が正しいらしい。

お父様は皆から慕われてたから、余計に忘れ形見を守る使命感に燃えてしまっていた……というのが真実。徹底的にわたしの周囲から脅威を遠ざけようと、ラースとアルフレッドを中心に動いた結果、わたしが立派な「引きこもり」になったというわけだ。

皆で遠巻きに見守りを続けていたもののやり過ぎたと、先ほど使用人総出で謝罪しに来た。

わたしも自分の行き過ぎた過去のあれこれを謝罪したら、なんだか屋敷の中がとても穏やかな空気になったような気がした。

使用人とのわだかまりがなくなったことはスッキリしてよかったけど、わたしが幼少期にしていたことは全部、子供のイタズラ程度にしか取られていなかったとか。

ものすごくショックだわ。敗北にも似た感情が胸を過る。

おかしいわね。あんなクソガキだったのに……。納得いかない〜〜っ。

そうしてムムッと眉間に皺を寄せて腕を前に組んだところで、ふとあることに気付いた。三日も寝込んでいたわりに、体の不快感がない。

わたしが寝ている間、ジェーンは丁寧に世話してくれていたようで、体はさっぱりしているし、シーツは清潔なものに取り替えられていて、お日様の匂いがする。

本当にわたしは大切に思われているようだ。そんなちょっとしたことに感動して、少し目が潤んでしまったのは内緒。またラースを心配させるといけないから。

ラースの十八歳の誕生日から現在までを振り返ってみると、大変な騒ぎに巻き込まれたような気分だわ。まあ、実際そうなんだけど……

あーとにかく、もう一生、書斎で本を読んで静かに暮らしたい。はぁ、それになんだか体が怠くて重い気がする。

「あ、そっか。わたしお腹すいたんだわ」

ぽんっと手を叩くと、すかさずお腹が鳴った。ベッドに突っ伏すと、わたしの空腹コールに答えて、すぐに温かいスープとお粥(かゆ)が用意された。

「……わたし。自分で飲めるわよ？」

「そうだな」

と言いながらも、ラースはいそいそとスプーンを運んでくる。その激甘っぷりにたじろぐわたしなどお構いなしに、ラースは照れるどころか当たり前の顔して、「んっ」と口を開けるよう促してくる。

どうあがいたところで拒否権はないようだ。

空腹に負けて仕方なく頬(ほお)を赤らめながら、素直に口を開ける。何度も食べ物を口に運び、甲斐甲斐しく餌を運ぶ親鳥のようなラースに、餌付けでもされている気分になる。

これはいったいなんの儀式なのよー？

「あ、これ貝の出汁？」

「ユイリー、飲みたがってただろ？」

「うん……ありがとう」

どうしよう。ラースが優しくてすごく好き。彼のためにも早く体調を戻さないと！

唖然とするラースそっちのけで、あっという間にスープとお粥を平らげる。

「そうだ、あのね。ご飯も食べたし、気分も大分よくなったから、ちょっと書斎に行ってもいいかしら？」

「馬鹿言うな。いい食いっぷりだったけど、死にかけた上に目覚めたばかりなんだぞ」

厳しい顔をしたラースに即答で却下された。

スープもお粥も食べきって、少し元気も出たし、大丈夫かなと思って言ってみたけど……やっぱりダメだったかぁ。

でも、書斎に山積みになっているであろうＢＬ本のことを思うと……落ち着かない。わたしの件もあってラースはまだ気付いていないだろうし、今のうちに早くなんとかしたくてたまらないんだけど……

「ああ、もしかして……あの書斎で山積みになってる本のことを気にしているのか。それならもう知ってる。アルフレッドと変な会話してたから、当主命令で口は割らせた。中身も確認したし。今更隠す努力とかしなくていいから」

――なんですと⁉　そんなことに権力使うとか……あなたいったいどれだけよ⁉

「……ちなみにどの本をお読みになられたのかしら？」

「アルフレッドに聞いた。ユイリーの好きなエリオスが出てくるやつ」

「っ！」

あ、アルフレッドぉ――っ!?　よりにもよって一番読まれてほしくない本をっ！

あわあわと手や口を動かし動揺するわたしを見て、ラースは首を緩く横に振った。やるせない表情を浮かべて、こちらに視線をくれる。

「ユイリーの不倫相手が本だったのは流石に……なんというか嫉妬した自分が情けなくなった」

「ご、ごめんなさい……」

「ユイリーが腐女子とか驚いたけど、俺は別にそういうこと気にしないから。基本、自由恋愛主義だし？　ユイリーが腐女子でも全く問題ない」

「……自由恋愛、主義………」

ラースの華々しい恋愛遍歴にあまりにも似合いの言葉だ。すっかり固まってしまったわたしとは反対に、ラースが余裕ありげにクスリと笑って、唇にキスしてきた。そして――

「俺のこと、愛してる？」

「…………」

「ちゃんと教えてほしい」

焦がれるように、わたしへ向けられたラースの熱い瞳。いったいラースは今までどんな気持ちで、それを待ち続けていたのだろうか。想像するだけで胸が苦しくなる。

「あのっ、わたしはその……本当にごめんなさい。不倫なんかしてなくて、わたしの好きな人はBL本のエリオス様で……でもそれは、エリオス様がラースに似てたから……好きになったの。隠居するって決めたのもラースに幸せになってほしいからで……」

チラッとラースを盗み見ると、ラースは頬を紅潮させ、食い入るようにこちらを見つめていた。その顔が「やっぱり俺のこと愛してるんだ」と期待に満ちていて、続く言葉を固唾を呑んで待っている。

やっぱりラースって、でっかいワンちゃんだ。可愛いなぁ……

「わたし、小さい頃からラースのことが好きなの。すごく好きで……誰よりもあなたが一番大切。愛してるの……」

そう絞り出すと、ラースは僅かに目を瞠り、わたしの手を握り締め喘いだ。今にも泣きそうなほど顔を歪め、掠れた声で囁く。

「やっと言ってくれた」

「う、うん」

しどろもどろに返すわたしを愛おしげに見つめ、ラースは腕をわたしの背に回し、きつく抱擁する。そして、息つく間もなくキスを繰り返した。

「……アルフレッドが言ってた。あの本は元々ユイリーの母上の物だったらしい」

唇を少しだけ離して、ラースがこっそり教えてくれた。

「お母様の……？」

わたしが生まれてすぐに亡くなったお母様が腐女子だった、ということ⁉

「それはフィリスティア卿もご存じだったそうだよ。だからユイリーが誕生するまで普通に書斎に置かれていたのを、ユイリーが将来書斎を使うことを見越して、別の場所に移したらしい」

「お父様が……」

「いずれは機会を見て、ユイリーに渡そうとフィリスティア卿は考えていたようだけど」

「え、それってつまり……」

お父様にはバレてたのね。わたしがお母様と同じ腐女子になってたこと。

つまりカエルの子はカエルということだ。

「ユイリーが母上の本を持っていて、アルフレッドは酷く驚いたそうだよ」

書斎から本を移動する際、本棚の間に落ちて気付かれなかったＢＬ本を、わたしがたまたま見つけてしまったのだ。

「もう気になることはないんだし、当分大人しく休んでてくれないかな？」

これでようやく当主業務に専念できると、にっこり笑うラース。これはおそらく、提案ではなく命令だ。なのでわたしも同じ調子で笑い返した。

「嫌です」

「……そう言うと思ったよ。ユイリーが大人しくするわけないもんな……。ったく、どうして引きこもりのくせに行動力だけはあるんだ？」

矛盾してるぞ、と不満を漏らすラースの頭を、慰めるように撫(な)でてみる。金糸みたいな髪は柔らかくて、触り心地がいい。いつまでも触れていたくなる。

「だってまだわたし、やることあるんだもの」

「やることってなに？」

ため息交じりにラースがわたしの手を取った。どうやら頭を撫でられるのは、照れくさくてちょっと苦手のようだ。

「あなたを幸せにすることをしたいの」

「……それは素直に嬉しいけど。具体的にはなにするつもり？」

運よくわたしの悪評も治まって、世間体を気にする必要はなくなった。だから、これでようやく本当にやりたかったことが言える。

「ラース、まずはわたしと結婚してちょうだい」

瞬間、ラースは驚きに目を見開き、動きが止まった。

「承諾してくれるなら後はすぐにでも結婚の準備をして、ちゃんとラースと家族になってそれから……」

「――ユイリー。ちょっと待って」

「え？」

ラースが空いている方の手で眉間を押さえている。不意に掴まれている手に力を込められた。

わたしの手をすっぽり覆い隠すくらい大きいラースの手。その温もりがじんわりと優しく染みわたり、幸せを覚えながら、わたしはラースの手をそっと握り返した。

「……俺はずっと、ユイリーに守られてた。ユイリーは当主を務めていただけって言うだろうけど、国を追われてなにもかも失った俺に、フィリスティア卿とユイリーは居場所を与えてくれた。それなのに……」

「ラース……？」

「俺はユイリーを守ることのできない、自分の力のなさが嫌だった」

「そんなことないのに。ラースはいつもわたしを助けてくれたじゃない」

当主を代行して沢山助けてくれた。これまで突き放してきたのだって、わたしの命を守るため。なのに、どうしてそんなことを言うのだろう？

不思議に思い首を傾げていたら、ラースは首を横に振った。

「最初は、遺言のこともあってユイリーと結婚するのは決定事項だと思ってた。なのに、まさか隠居するとか言い出されるとは思わなくて、酷く焦ったよ。それも引きこもりなのに、どこでだか他に好きな相手まで見つけてくるし……」

「それは……」

見つけてきたのは書斎の本ですけども。すると、ラースが咎めるような視線を向けてきて、ギクリと体が強張る。

「そ、そういえば。今回のイヴリンの件ではフォンベッシュバルト公が全面的に力になってくれてたみたいだけど、あの方いったい何者なの？　あんなにお若いのにお父様のご友人だと言ってたけど……」

「……彼は人ではなく、五百歳を越える吸血鬼だと聞いたことがある。直接本人に確かめたことはないけどな」

眉を顰めるラースの顔には、面倒だとはっきり書いてある。

「まさかの人外キャラですって？」

「ユイリー……」

そんな素敵な設定にわたしが食いつかないわけがない。わたしが妄想のネタを手に入れたことに嬉々としていることを、ラースはすぐに感づいたようだ。不機嫌にわたしの名を呼んだ。

「あんまり他の男のことばかり考えるのは感心しない」

ラースが身を乗り出し、顔を近付けてくる。

「もう逃げないのか？」

「え？」

今までの経験上、わたしが逃げたらベッドの端に追い込んで、絶対に逃がしてくれないことは知ってるし。沢山触れられているうちに、エッチなラースにも、優しいラースにも、意地悪なラースにも慣れた。そしてなにより、傍にいたいのはわたしの方だから。

言われて気付いた。今のわたしにはラースから逃げる理由がない。

「ユイリーに逃げられたら、他の部屋に行って一人で処理するつもりでいたんだけど」

「一人で、処理……」

ニヤリと笑うラースが放った言葉の意味を悟り、ゴクリと喉を鳴らした。瞬時にラースが自慰するのを想像し、顔に勢いよく熱が集まっていく。

こんなわたしをラースは本当に受け入れてくれるのだろうかと、心配になるくらい、エッチな自分が恥ずかしい。

うわーん、また妄想しちゃったじゃないのよぉーっ！　というか、一人でするとか……どうしてそんな恥ずかしい単語を平然と言えちゃうわけ!?

そこまで考えて、ラースがなぜちょっと意地悪なのかピンと来た。

「あ……まさか、わたしが寝込んでる間、ずっと我慢してたの？　いいのよ？　状況にそぐわないからってそういうこと我慢しなくても。健全な男の子はそういうものだって、小説にも書いてあ……」

「――ユイリー、黙って」

「はい、ごめんなさい」

「ったく……どうしてそういうことは恥ずかしげもなく言えるんだか」

もしかしてラースは今、性欲爆発寸前なのかしら？　あ、わたし……また初めてのときみたいにラースのストッパー外しちゃったってことぉっ!?

内心冷や汗を掻きながら青ざめていると、ラースは小さく噴き出した。

「冗談だよ、ユイリー。俺の方こそごめん。目覚めたばかりで無理強いはしない。だけど、当面はベッドから出たり、無茶したりはしないでほしいんだ。お腹の子に障る」

「うん、分かっ……………ん？」

今、なんとおっしゃいました？

「あのっ、もう一度言ってくれるかしら？」

「目覚めたばかりで無理強いはしない」

「もう少し後の方をゆっくりと」

「まだ当面ベッドから……」

「もう少し後っ！」

ラースがクスリと笑って意地の悪い顔をした。

……さては、わざと引き延ばしたわね？

「お腹の子に障るからまだ無理はしないでほしい」

「…………」

頭の中にラースの言葉がこだまする。ようやくその意味を理解したとき、わたしの目からは止めどなく涙が零れ落ちていた。

「ユイリー!?　……どうして、泣くんだよ……」

ベッドから抱き上げられて、膝上に乗せられた。椅子に座るラースに背中をあやすように撫(な)でられる。

ラースは不安げな表情を浮かべ、わたしの顔を覗き込んだ。

「嫌なのか……？」

「ちがっ……ラースはずっと一人だったから、ちゃんと家族を作ってあげられることが嬉しいの。

だからこれは嫌なんじゃなくて、嬉しくて泣いてるだけなのよ」

急いでわたしは否定した。子供ができたのがショックで泣いてるとか、とんでもない勘違いだ。

ラースはわたしの言葉に目を瞠り、瞳を揺らす。

「……また自分より俺のことばかり優先するんだな」

「ラース……？　怒ってるの？」

「怒ってないよ。ユイリーが分かってないなら、俺がその分ユイリーを大切にするからいいって思いはしたけど」

ラースはそう言って、わたしのこめかみに軽くキスをした。歯の浮くような台詞に、心臓が早鐘を打ち、思わず胸元を押さえた。

「昔から甘えるのが下手だよな。俺が寝ているときはあんなに可愛く擦り寄ってきたのに」

「――起きてたのぉ!?」

ラースより早く起きられたときは、彼の分厚い胸板に頭をグリグリと押しつけたり、キスしたりしてこっそり甘えていたのだ。てっきり寝ていてバレてないと思っていたのに、狸寝入りしたラースに全部見られていたなんて……

ボッと顔が発火したように熱くなる。ラースはそんなわたしを見て、声をあげて笑った。

「ははっ、耳まで真っ赤だけど大丈夫？　まあユイリーが恥ずかしがりで自分から甘えるのが苦手なら、その分甘やかすから、俺は別にいいんだけどさ」

流石、元女ったらしだわ。よくもまあ、そのお綺麗な口からポンポンと。

ここで少しでも威厳を示しておかないと流されちゃうわ！

なにか言い返そうと思い口を開いた瞬間、優しく、でも力強く、体を引き寄せられた。どうやらラースは、さっそく甘えさせることにしたらしい。

暫くラースは腕を解く気はないみたいだし……。まあいっかと早々に諦め、逞しい胸にこそっと寄りかかる。力を抜いてラースに体を預けていたら、おでこにチュッとキスされた。

「……実はね。赤ちゃんができたら、ラースに無理やり結婚を承諾させられるんじゃないかと思ってたの。でも、わたしの勘違いだったのね」

「………」

途端、黙り込んだラースの顔を見ようとしたら、隠すように横を向かれてしまった。

「え、まさか本当にそうするつもりで……？」

「ユイリーはそうなっても嫌じゃない？」

先ほどの沈黙は肯定と取って間違いなさそうだ。確認してくるラースの表情はどこか不安げで、なんだかとても可愛い。

「ええ、嫌じゃないわ。だってわたし、ラースのことずっと好きだったもの」

嘘ではない証拠に、彼の唇にキスをして、今度はわたしの方から愛しい人を抱き締める。

「はぁっ……お父様があんなにわたしを娶れってラースにうるさかったのは……わたしがラースを愛していることをご存じだったからなんでしょうね」

本当に娘の幸せばかり願って、お父様は超がつくほどの親バカだわ。

でも、だから今のわたしがある。

「多分、俺がユイリーを愛していることもな……だから今度は俺がちゃんと守る。ユイリーもお腹の子供も」

わたしのお腹にそっと手を置いたラースの表情はとても穏やかで、愛で溢（あふ）れている。

「先を越されたけど……ユイリー、俺と結婚してほしい」

一生大切にする。

真剣な色を浮かべた目で想いを口にして、ラースがわたしの答えを待っている。

「ラウレンティウス・スピアリング……わたし、ユイリー・ケープハルト・ラ・フェリシテ・フィリスティアはあなたと結婚します」

久しぶりに自分の長ったらしい名前を言って、一息つく。

答えは決まっていたから迷うこともない。むしろわたしの方から先にお願いしてたくらいだし。

そうして満面の笑みを浮かべて答えたものの、やっぱり恥ずかしくて顔を俯（うつむ）かせる。すると、顎（あご）を掴（つか）まれクイッと上向かせられた。

「あ、あのっ。今更だけど、ラースはわたしが腐女子で引きこもりのままでもいいの？」

「構わない。第一そうじゃないユイリーはユイリーじゃないだろ？」

もちろん、腐女子も引きこもりも止めろと言われてどうこうできるものじゃない。変えられない習性とでも言うべきかしらね？

ついに腐女子とバレてしまったから、ラースにはわたしの考えてることを色々と見透かされているような気がして、どうにもそわそわして落ち着かなくなる。

それでもどうにか、わたしを膝上に抱えたラースを見つめると、ふんわり甘く微笑まれた。どうやらラースは今のわたしをそのまま受け入れるつもりのようだ。

あーあ、きっと、今わたしがなにを考えてたのかもバレバレなのよね……

「じゃあ、結婚した後にもし、わたしがまた隠居するって言い出したら、ラースはどうするつもりなの？」

ラースをからかうようにクスクス笑いながら尋ねてみる。ラースはすっと目を細めると、髪を撫で、おでこや目蓋、唇に沢山キスを落とした。

「ラース……？」

「させないよ、そんなこと。ユイリーには俺の傍に一生いてもらう。隠居するのは次代に家督を譲るまで待っててほしい」

「それって一緒に隠居してくれるってこと？」

「ユイリーがそれを望んでくれるなら」

こくりと頷いてラースに思いっきり抱き着くと、そっと抱き締め返してくれる。

このままなにも言わずにいたら、ラースはわたしが寝るまでずっと、離さないでいるような気がする。わたしがそれを望めば、少しも躊躇することなく、ラースが実行してしまうのをわたしは知っている。

隠居はラースが引退するまで持ち越されたけど、幸せすぎてどうにかなってしまいそう。そのくらいラースを愛し、そして愛されてる。

老後は二人でのんびり、幸せな隠居生活を過ごすことを想像しながら、腐女子で引きこもりの姉は、義弟に隠居を阻まれて幸せになりました。おしまい。

この作品に対する皆様のご意見・ご感想をお待ちしております。

おハガキ・お手紙は以下の宛先にお送りください。

【宛先】

〒150-6008 東京都渋谷区恵比寿4-20-3 恵比寿ｶﾞｰﾃﾞﾝﾌﾟﾚｲｽﾀﾜｰ8F
（株）アルファポリス　書籍感想係

メールフォームでのご意見・ご感想は右のＱＲコードから、
あるいは以下のワードで検索をかけてください。

アルファポリス　書籍の感想

ご感想はこちらから

本書は、「アルファポリス」（https://www.alphapolis.co.jp/）に掲載されていたものを、改題、改稿のうえ、書籍化したものです。

腐女子で引きこもりの姉は隠居したいが、義弟がそれを許してくれない

薄影メガネ（うすかげめがね）

2020年 6月 25日初版発行

編集－古内沙知・宮田可南子
編集長－太田鉄平
発行者－梶本雄介
発行所－株式会社アルファポリス
〒150-6008 東京都渋谷区恵比寿4-20-3 恵比寿ｶﾞｰﾃﾞﾝﾌﾟﾚｲｽﾀﾜｰ8F
TEL 03-6277-1601（営業） 03-6277-1602（編集）
URL https://www.alphapolis.co.jp/
発売元－株式会社星雲社（共同出版社・流通責任出版社）
〒112-0005 東京都文京区水道1-3-30
TEL 03-3868-3275
装丁・本文イラスト－森原八鹿
装丁デザイン－AFTERGLOW
（レーベルフォーマットデザイン―ansyyqdesign）
印刷－中央精版印刷株式会社

価格はカバーに表示されてあります。

落丁乱丁の場合はアルファポリスまでご連絡ください。

送料は小社負担でお取り替えします。


ISBN978-4-434-27512-8 C0093